KB128397

용병생활백서

용병생활백서 10

초판 1쇄 인쇄일 2016년 11월 15일 | **초판 1쇄 발행일** 2016년 11월 17일

지은이 주작 | **펴낸이** 곽동현 | **담당편집 팀장** 이범수
편집부 신연제 이윤아 홍현주 김유진 임지혜 조서영

펴낸곳 (주) 조은세상 | **출판등록** 제 2002-23호
주소 경기도 연천군 미산면 청정로 1355
TEL 편집부 02)587-2966 | **FAX** 02)587-2922
e-mail bukdu@comics21c.co.kr

주작 © 2016
ISBN 979-11-5832-701-9 | **ISBN** 979-11-5832-500-8(set) | 값 8,000원

주작 판타지 장편소설

NEO FANTASY STORY & ADVENTURE

용병생활백서

傭兵生活白書

10

북두
(주)좋은세상

CONTENTS

용병생활백서

1. 트로간.

1. 트로간.

그것은 단 하나뿐인 자리였다.

[기사왕!]

대륙 모든 기사들의 정점이라 할 수 있는 절대적인 지위로써, 그 자리에 도전할 수 있는 자격을 얻고자 많은 이들이 도전하고 또 도전했다.

그들 역시도 그런 이들과 다르지 않았다.

물론, 그렇다고 해서 같지도 않았다.

[아드레안!]

왕좌에 가장 가까운 공간이 그들의 영역이었기 때문이었다. 그 중에서도 특히 더 많이 왕을 배출한 트로간 가문의 일원이라는 점에서, 서너 걸음 이상은 앞서고 있는 것이나 다를 게 없었다.

하지만 이는 실로 아슬아슬한 외줄타기와 같았다. 이유는 간단했다.

단 하나의 권좌!

'그들' 전부가 올라설 수 있는 자리가 아닌 까닭이었다. 그런 이유로 인해 경쟁해야했고, 위험한 '모험'에도 뛰어들어야만 했다.

[버서커!]

왕의 길로 향하는 지름길과도 같았다. 전대 가주가 그러했고, 그 이전의 가주가 또 그러했다.

뿐만 아니라 역사 속에서 '아드레안'의 성을 물려받았던 몇몇 트로간의 주인들 역시 그와 같았기에, 누구 하나 모험에 뛰어드는데 주저함이 없었다.

지독한 도전과 모험 그리고 치열한 경쟁 속에서 탄생한 단 한명의 왕, 그게 바로 '사이람 아드레안'이었다.

그렇다면 남은 경쟁자들은 어찌 되었을까?

이전까지의 과거는 잊은 채, 그저 '트로간'의 일부가 되어서 남은 생을 살아가는 '그림자'가 되는 것이 그들에게 허락된 선택지였다.

이 같은 극명한 위치변화로 인해, 더더욱 그들이 치열하게 경쟁했던 것일지도 몰랐다.

정통된 혈족의 일원이나, 그 같은 권한을 박탈당하는 것이다.

그나마 다행이라면, 어린 나이였기에 혜택이라는 마력에 취할 틈이 없었다는 점 정도라고 해야 할까?

나이 때문인지, 변화된 상황에도 좀 더 빠르게 적응할 수 있었고, 그렇게 그림자의 삶에 녹아들 수 있었다.

당연하게도 이 같은 사실을 아는 건, 같은 혈족들 밖에 없었고, 개중에서도 극히 소수의 일원 밖에 몰랐다.

가주를 비롯한 트로간의 최고 결정권자들이 그에 속했다.

정통성을 지녔지만, 누구 하나 그들의 위치를 알지 못하는 건, 앞서 언급되었듯 그들의 삶은 빛이 아닌 어둠에 있기 때문이었다.

물론, 그들도 빛으로 나올 수 있는 방법이 존재하기는 했다.

사이람 아드레안이 온전치 못한 방법으로 명을 달리하면, 그 자리를 채우고자 숨겨진 자식이라는 위치로써, 그들 중 한명이 세상으로 나서는 것이다.

실제, 숨겨진 핏줄인 건 맞았기에, 명분 자체는 그들에게 있기도 했다.

아드레안의 다섯 가문들 중에서도 유독 폐쇄적인 트로간 가문이니 만큼, 그 정도의 특이성에 대해서는 충분히 감당할 수 있는 부분이었다.

어찌 되었건 그런 이유로 인해, 그들은 스스로의 실력에 대한 자신이 있었다.

경쟁자였으나 이제는 그들의 주인이 되어버린 사내, 사이람 아드레안을 제외한다면, 누구에게도 지지 않을 자신이 있는 게 바로 그들이었다.

초월자?

'세 명 정도는 충분하지.'

그런 이유로 임무를 부여받았을 때, 3인 1조로 하여서 움직이기로 계획을 나눴다.

트로간의 일원이 되었다고는 하나, 그들의 주인은 오로지 한 명, 아드레안의 가주였다.

때문에 트로간 기사단의 부단장이 내릴 수 있는 명령의 권한이라고 해봐야 한정적일 수밖에 없었다.

임무 완수를 위한 세부 내용을 그들이 조절하는 것 정도는 어렵지 않았다.

'저딴 애송이가 '왕'이라고 불린단 말이지.'

그 소식을 들었을 적부터 이미 마음에 들지 않았던 만큼, 그들 그림자는 철저하게 실력으로 상대를 압살하고자 했다.

물론, 몸 상태가 정상이 아니라는 소리는 들었다. 하지만 별빛을 품은 존재라면 그 같은 상황에서도 초월자의 위엄을 보여줘야 한다고 믿었다.

오랜 과거, 사이람은 분명 그 같은 모습을 보여줬고, 그들 모두를 납득시켰으며, 이를 통해서 심적인 굴복을 받아 냈던 까닭이었다.

'제 놈도 명색이 왕이라면…'

반쯤은 시험하는 마음으로 임무를 받아들인 것도 있었다.

그리고,

'허…'

시험의 시작과 함께 경악했다.

'이게 환자의 몸놀림이라고?'

경악스러운 반응 속도와 반격 속에서 눈이 번쩍 뜨이는 느낌이었다.

'이건, 마치…'

떠오르는 얼굴이 있었다.

[사이람 아드레안!]

일순, 병실 안으로 들어왔던 그림자 셋의 눈빛이 교차됐다. 그리고 약속이나 한 듯 뒤로 물러나더니, 그대로 병실 문을 박차고 나왔다.

'으득…'

자존심에 상처를 입었다.

그들 생의 절반이나 살았을까 싶은 젊은 사내가 진정으로 '왕'의 자격이 있음을 몸소 겪었기 때문이었다.

인정하고 싶지 않았으나, 감정에 충실하기에는 그림자로써 살아온 그들의 삶이 너무 길었다.

그들 중 한 명이 입가에 손을 대고 옅은 휘파람을 불었다. 동료들에게 보내는 신호였다.

휘익…

초월자라 할지라도 세 명이면 충분히 상대할 수 있다는 자신감은 여전했다. 상대는 상처 입은 맹수였기에, 더욱 어렵지 않을 거라 여겼다.

하지만 생각보다 반항이 거셌고, 그런 만큼 '버서커'의 힘을 극한까지 끌어내는 상황이 올지도 몰랐다.

사이람과 달리, 그들은 '마지막 벽'을 넘지 못한 까닭에, 이를 통제하는 능력도 여러모로 떨어질 수밖에 없었다.

때문에 '폭주'하는 상황은 되도록 피하고 싶었다.

'보통 초월자가 아니야!'

인정하고 싶진 않았으나, 그들의 머리는 이미 상대를 '왕'으로써 인식하고 있었다.

각 통로에 배치되어 있던 나머지 열둘의 그림자가 순식간에 에던의 치료실 앞으로 모여들었다.

넓은 복도였지만, 아무래도 열다섯이나 되는 장정이 한자리에 모여 있으려니, 생각보다 비좁게 느껴지는 건 어쩔 수 없었다.

"이제라도 자리를 옮길까?"

느긋한 걸음과 여유로운 태도로, 에던이 치료실을 나오며 그리 물어왔다.

실제 그를 경험했던 셋은 거기에 동의하고 싶었지만, 안타깝게도 트로간의 부단장이 마련한 무대는 이곳 치료실에 한정되어 있었다.

이제 와서 장소를 옮겼다가는 의도치 않은 시점에 다른 가문으로 정보가 흘러들어갈 확률이 높았다.

스릉…

대답을 대신하듯 다른 열둘의 그림자가 검을 뽑아들었다. 헌데, 하나같이 그 길이가 짧았는데, 단검이라고 해도 믿을 정도였다.

에던은 그 특별한 검을 보면서, 이 상황을 염두에 두고서 저들이 모였음을 알 수 있었다.

"그런데 어쩌나…."

옅은 실소와 함께 슬쩍 에던이 걸음을 내딛었다. 가벼운 한 걸음이었으나, 비좁은 공간에서는 충분히 적진 깊숙이 파고들기에 충분한 일보였다.

"…근접전은 내 전문인데."

아드레안의 기사들은 하나같이 체술도 숙달되게 익히고 있고, 그림자들은 그 중에서도 특히 깊은 부분까지 체술에 손을 댄 이들이 많았다.

하지만 결국 그들의 전문은 검이었다.

"잡고, 흔들고, 꺾고, 던지고…."

순식간에 거리를 좁힌 에던은 혼잣말처럼 그리 중얼거리며, 한 명의 그림자의 옷깃을 붙잡은 뒤, 이를 흔들어 정신을 흩트리다가 대뜸 관절 부위로 이동해 과감히 꺾었다.

우드득…

잡혔던 그림자의 뼈가 부러지는 소리가 들렸으나, 아슬아슬하게 그 위기는 넘길 수 있었다. 스스로 몸을 던지며 빠져나온 것이다.

에던이 말한 그대로 상황이 흘러가고 있음에, 그를 경험하지 못했던 그림자들의 경각심이 더욱 커졌다. 상대의 장악력이 범상치 않음을 느낀 것이다.

짧은 찰나였지만, 그들 역시도 앞서의 셋과 마찬가지로 에던을 왕으로써 인식하기 시작했다.

하지만 그 타이밍이 조금은 늦었음일까?

실로 찰나라 할 만한 순간에 벌써 두 명의 신형이 바닥을 구르고 있었다. 물론, 그 둘 모두 치명상은 피했으나, 멀쩡한 것도 아닌 까닭에, 전력의 일부가 손실되었음은 부정할 수가 없었다.

"개방한다!"

누군가 외쳤고, 그림자들의 기세가 일변했다.

찌릿… 찌릿…

돌연, 피부가 따끔해질 정도의 기세가 그들에게서부터 뻗어 나왔다. 무려 열다섯이나 되는 이들이 동일한 기운으로 압박을 하니, 그 박력감이란 실로 놀라운 정도였다.

하지만 진정 에던을 놀라게 만드는 건 따로있었다.

'마기?'

저들이 뿌려대는 기세 속에서 마기의 잔재를 읽어낸

까닭이었다. 일부 변질된 느낌이 있기는 하나, 분명 그것
은 마기의 흐름을 타고 있었다.

헌데, 마기 외에도 특이한 점이 보였다.

'시뻘겋네.'

불청객들의 두 눈이 핏빛으로 물들어 있는 걸 발견한 것
이다.

게다가 프레이를 떠올리게 만들던 독특한 기운도 크게
변해 있었다. 이제는 완연한 별의 기운을 흩뿌리고 있는 것
이다.

저들 하나하나가 초월자라 해도 과언이 아닐 정도였
다.

"하…."

헛웃음이 절로 나왔다.

"아드레안…."

새삼 그 이름을 입에 굴렸다.

"…장난이 아니네."

고개를 절레절레 흔드는 그 순간, 그림자들이 움직였
다.

"흐음… 압도적이어야 하는데."

에던이 입맛을 다시며 밀려드는 핏빛 물결을 바라봤
다.

"어쩔 수 없나."

짧은 고민과 극단의 선택.

퍼억… 푹… 빠각…

아찔한 죽음의 괴성이 전신 가득 울려 퍼졌다. 경악하는 그림자들의 모습이 보였다.

"놀랐니?"

어찌 안 놀라겠는가. 그들 열다섯의 공격이 죄다 몸에 박힌 에던이 태연한 얼굴로 그리 물어오고 있으니, 일순 상대가 사람으로 보이지 않을 수밖에 없었다.

물론, 목이나 심장 어림을 목표로 한 치명적인 공격들은 막았고, 다른 부위들도 그냥 내어준 게 아니라, 내장을 최대한 비껴가게 관통당한 것뿐이었다.

크라이드만과의 대결로 제 몸에 대한 공부를 확실히 한 덕분에 내릴 수 있는 움직임과 희생이었다.

하지만 이 같은 사실을 모르는 그림자들로써는 이 말도 안 되는 상황에 경악하며, 잠시간 '틈'을 보일 수밖에 없었다.

그거면 충분했다.

촤악…

단 한 번의 손짓이었고, 세 개의 머리가 허공으로 솟구쳤다.

"제법이네."

목표로 했던 건 여섯이었건만, 절반이 피해버렸다. 정상적인 궤도에서 그를 공격한 게 그들 여섯이기에, 그들을 일차적으로 노린 것인데, 안타깝게도 목표한 바는 전부 이룰 수가 없었다.

하지만 피한 세 명이 멀쩡한 건 아니었다. 죄다 목 언저리를 부여잡은 채 비틀거리고 있었는데, 그 손 너머로 꾸역꾸역 넘쳐흐르는 핏물로 봐선, 결국 그들은 전력 외로 구분해도 될 듯싶었다.

"…확실히 별빛을 위장할 만 하네."

에던은 짧게 실소하며 고개를 흔들었다. 그러며 그림자들을 스윽 훑어보는데, 한 줄기 미소가 절로 그려졌다.

'목표는 놓쳤지만.'

목적은 이뤄냈다.

그의 시선이 닿을 때마다 저들 불청객들의 얼굴 위로 한 줄기 공포심이 스쳐가는 걸 느낀 까닭이었다.

"피곤하니까. 빨리 빨리 끝내자고."

에던이 그 말과 함께 성큼 걸음을 내딛었고, 그림자들이 한 걸음씩 물러났다. 그 모습에 에던이 하얗게 이를 드러내며 웃었다.

그 미소에 뒤늦게 스스로의 행태를 깨달았던지, 한 차례 얼굴을 붉힌 그림자들이 일제히 시선을 맞추더니 이를 악물었다.

"폭주!"

또 다시 누군가의 외침이 터져 나오고, 다시금 그들의 기세가 일변했다.

"어… 어라?"

순간, 에덴의 얼굴 위로 당혹감이 떠올랐다.

'저기서 또 변한다고?'

거짓으로 위장된 별의 힘이었다. 육신이 받아들이는데 한계가 있을 수밖에 없었다. 때문에 이미 한계점이라 여겼던 기운이 한 차례 더 증폭되고 있는 모습에 놀라지 않을 수가 없었다.

뒤이어 드러난 그림자들의 모습에 뒷목이 서늘해졌다.

"정말…."

공포심을 지워버린 듯 혹은 잊어버린 듯, 완연한 광기에 물든 열둘의 '미친개'가 보였다.

희생을 통해서 목적은 이뤘다고 생각했건만, 그마저도 한 순간에 날아가 버린 것이니, 이 어찌 당혹스럽지 않겠는가.

"…이건, 계산 밖인데."

그리고 이날,

아드레안의 치료실 하나가 완전히 전복되는 사건이 발생했다.

❖ ✛ ❖

사건이며 사고였다.

[치료실 붕괴!]

다행스러운 점이라면 그 안에 환자가 몇 없었고, 그나마도 갑작스런 위기감을 느끼고는 대부분 바깥으로 대피를 하면서, 대형 참사는 피할 수 있었다는 점이었는데, 그러나 분명히 해야 할 건 아드레안 내부의 건물이 무너졌다는 부분이었다.

게다가 사망자도 나왔다는 이야기가 심심찮게 들려오고 있었는데, 아직 그 시신을 확인하지는 못한 까닭인지, 지금까지는 그저 흘러가는 이야기 정도로만 통할 뿐이었다.

하지만 알 만한 이들은 다 알고 있었다.

그 소문은 흘려들을 수 없는 진실이며, 놀랍게도 그 사망자가 현 아드레안 체제의 중심이라 할 수 있는 트로간 가문과 연관되어 있다는 것이다.

물론, 앞서도 언급되었듯이 '알 만한 이들'만 아는 정보였다.

아드레안의 기둥이라 할 수 있는 다섯 가문의 수장들과 방계에 속한 몇몇 기사단의 단장들 정도로써, 그야말로 아드레안이 최상부에 속한 이들의 한정된 정보인 것이다.

하지만 분명한 건, 이 사건과 흘러가는 소문을 통해, 검가 전체의 분위기가 크게 들썩였다는 점이었다.

"당연한 건가."

생각해보면 어쩔 수 없는 반응이라 여겼다.

"이런 식으로 내부에 타격을 입은 적이 없으니."

아드레안이 세워지던 초창기 무렵이라면 모를까, 수백년의 세월이 흘러 대륙 제일의 검가로써 거듭난 지금에 이르러서, 감히 누가 그들의 내부에서 소란을 일으킬 수 있겠는가.

게다가 건물 하나가 통째로 박살났으니, 이 같은 공기변화는 어찌 보면 당연한 수순일 터였다.

"후우…."

엑턴 기사단의 단장인 '카산 엑턴'은 새나오는 한숨을 제어하지 못했다. 그 역시 이번 사건으로 인해 적잖이 놀란 까닭이었다.

사고를 수습하는 부분도 문제였지만, 사건을 은폐하는 것 역시 큰 문젯거리였다. 아니, 골칫거리라고 해도 과언이 아니었다.

비록 트로간 가문이 마음에 들지 않는다고는 하나, 어찌되었건 그들은 아드레안의 일원이며, 현재는 검가의 중심과도 같은 가문이었다.

그 같은 가문의 '비수'가 꺾인 것이다.

'감춰야 하나… 드러내야 하나….'

고민스러울 수밖에 없었다.

물론, 냉정한 판단력을 앞세운다면, 검가의 치부를 드러내기보다 감추는 게 옳다는 걸 알았다.

하지만 저들의 오랜 독주를 떠올린다면, 이 기회에 적당히 고삐를 채워놓는 것도 나쁘지 않을 것 같았기에, 고민이 길어질 수밖에 없는 것이다.

그뿐만이 아니었다.

"세인… 그놈이 계획을 어설피 짰을 리가 없을 것인데."

지난 밤 치료실의 경비배치나 상황들까지 생각해 봤을 때, 확실한 전력으로 습격했으리라 여겨졌다.

트로간 기사단의 부단장에 대해 잘 아는 만큼, 이 부분에 대해서는 의심의 여지가 없었다.

하지만 그럼에도 불구하고 결과는 최악이었다.

"에던 운트…."

새삼스럽지만 그 이름이 유난히도 낯설게 느껴졌다.

서로의 영역이 다르고, 거기에 더해 각자의 위치나 지위가 다른 만큼, 그가 이곳에 처음 등장했을 때부터 이미 이같은 감각을 맛봤었지만, 이번은 유달리 그 격차가 크게 느껴졌다.

"진정…."

아예 '세상' 그 자체가 다르다는 느낌이랄까?

"…초월자. 그 이상이라는 건가."

별빛 너머에 대한 이야기는 이미 언급되던 사항이었지만, 그래도 애써 외면하던 부분이기도 했다. 하지만 이쯤 되면 더 이상 무시하기가 어려울 수밖에 없었다.

"에던 운트."

단 한 사람의 존재감에 이렇게까지 몸서리를 쳤던 게

얼마만일까?

[차이람 아드레안!]

그의 얼굴로 절로 떠올랐다.

'…두렵군!'

솔직한 심정이었다.

짐작컨대 검가의 다른 기둥들 역시 이 같은 기분을 맛보고 있을 거라 여겼다.

"일단…."

고민 끝에 내린 결론은 결국 하나였다.

"…감춰야겠군."

사건이 사건이니 만큼, 숨기려 해서 숨겨질지는 의문이었으나, 그렇다고 몰아붙였다가 괜스레 제 얼굴에 침 뱉는 상황까지 갈 수는 없는 까닭에, 일단 정보를 통제하기로 결정을 내렸다.

물론, 드러내는 게 아니라 숨기는 것만으로도, 나름의 이득을 취할 수는 있을 것이기에 내릴 수 있는 결정이기도 했다.

어찌 되었건 사건의 발단 자체는 트로간 가문이 제공한 것인 만큼, 어떤 상황에서건 그들은 책임을 회피할 수 없는 것이다.

드러내느냐 숨기느냐로 인해, 저들이 입는 타격의 차이가 있겠지만, 상황이 상황인 만큼 적잖은 이득을 취할 수 있을 거라 여겼다.

"후우…."

하지만 크게 기분이 나아지거나 하진 않았다. 이번 사건을 통해, 집안에 맹수를 들여놓았다는 걸 깨달은 까닭이었다.

특히 더 골치 아픈 건, 그 맹수를 내쫓지 못한다는 점이었다.

사건의 한 축을 담당했고, 건물 하나를 통째로 무너트릴 정도의 괴력을 발휘했음에도 불구하고, 여전히 상대는 '환자'였기 때문이었다.

'오러 역류가 아직도 치료가 되질 않았다니.'

신관들도 두 손을 들었을 만큼, 그의 내부 상태는 심각했다.

허나 여기서 중요한 건 그의 몸 상태가 아니었다. 그가 여전히 회복되지 못한 채, 이곳 아드레안 내부에 머물고 있다는 게 중요한 부분이었다.

최초 그의 부상에 아드레안이 의심을 받았는데, 이 같은 상황에서 에던의 회복 기간이 유난스러울 정도로 길게 이어지고 있는 것이다.

드레이안의 기사들의 눈빛이 점차적으로 불순하게 변하는 게, 과연 착각일까?

에던이 이곳에 머무는 기간이 길어지면 길어질수록, 저들의 의심은 점차적으로 확신이라는 형태를 갖춰버릴 확률이 높았다.

상황이 거기까지 이른다면 저들 눈빛의 변화를 착각으로 여기기도 어려워질 터였다.

"미칠 노릇이군."

건물을 통째로 갈아버릴 정도의 괴력을 지니고 있건만, 환자라는 이유로 집안에 둬야 하는 것이다.

'쯧! 차라리 처리를 하고 난 뒤에 받는 의심이라면 납득 하겠건만….'

오히려 당한 건 그들임에도 불구하고 돌팔매질을 맞는 기분이었다.

물론, 매 맞을 상황 자체를 그들이 꾸민 건 사실이었던 만큼, 아주 억울하다고 여기기도 어려웠다.

어쩌면 그 같은 부분이 더욱 속을 쓰리게 하는 것일지도 몰랐다.

"빌어먹을 가주! 대체 어디서 뭘 하는 거냐?"

설마, 그가 사이람을 찾는 날이 올 줄이야. 하지만 어쩔 수가 없었다.

트로간의 계획이 실패로 돌아간 이 때, 다른 가문이 과연 그들보다 나은 결과를 보여줄 수 있을까?

불가능하다는 결론이 나왔다.

때문에 그들의 정점을 떠올리게 되는 것이다. 유일하게 집안의 맹수를 몰아낼 수 있을 거라 여겨지는 존재였다.

주변 시선만 아니라면 이렇게까지 복잡하게 일을 처리할

필요는 없었으나, 안타깝게도 '첫 번째'라는 자리가 이 같은
자유를 허락하지 않았다.

'차라리 확실하게 처리를 해 버렸더라면….'

지금이라도 다섯 가문이 힘을 합쳐서 에던을 제거하는
건 어떨까도 싶었지만, 일단 한 차례 사건이 발생한 만큼,
당장 시행하기에는 불가능한 계획이었다.

"후…."

결국, 남는 건 하나 뿐이었다.

"…빨리 좀 돌아오라고, 가주!"

집주인의 복귀만이 생각할 수 있는 최선이었다.

❖ ✛ ❖

승? 패?

이미 열 번의 패배를 넘어가던 순간부터 더는 숫자를 세
지 않았다. 그런 게 무의미할 정도의 차이를 느낀 까닭이었
다.

그저 도전하고 또 모험할 뿐이었다.

언제나 내려다보던 까닭에, 이 낮은 시점이 낯설면서도
또 반가웠다.

과거, 혈기왕성하던 청춘을 떠올리게 만든 까닭이었
다.

그리고 패배의 수가 헤아리기 어려워질 정도가 되던 무렵

부터는 도전이나 모험 같은 게 아닌, 순수하게 '배움'을 위해서 검술원을 찾게 되었다.

패배하였으나 여전히 그 숨이 붙어있다는 점에서, 이미 그 시작이 남다르기는 했기에, 과감히 자세를 고쳐먹으며 배운다는 마음을 품게 된 것이다.

하지만 그 같은 각오를 굳혔을 즈음, 검술원의 문이 닫혀 버렸다.

[여기까지일세.]

검술원의 주인, 헤일러는 그 말과 함께 더 이상 그의 방문을 허락하지 않았다.

사이람 아드레안!

아드레안의 주인!

기사왕!

그 같은 온갖 가지 미사여구를 가져다 붙여도, 저 허름한 검술원의 문턱을 감히 넘기가 어려웠다. 아니, 넘을 수가 없었다.

마치, 스승에게 쫓겨난 것 같은 기분마저 들 정도였다.

덕분에 이미 배우고 있었고, 가르침을 받아왔다는 걸 뒤늦게 깨달았다.

'이제 와서 내친 이유가 무엇일까?'

지금 이 순간만큼은 슬며시 욕심을 부려봤던 체넨에 관한 생각마저도 날아가 버렸고, 오로지 헤일러의 의도를 파악하는 것에만 집중하게 되었다.

검술원의 문 앞에 주저앉은 채, 그렇게 멍청하니 생각하고 또 생각했다.

"쯧! 청소하는데 거슬리게, 저리 비켜요."

이곳의 강사로 있는 젊은 여인의 호통에 한 차례 화들짝 놀라 자리를 옮겨야 하기는 했지만, 결국 검술원 입구에서 한 걸음 비켜난 정도였다.

그 상태로 넋을 놓은 채, 그렇게 헤일러의 뜻을 헤아렸고, 어느 순간부터는 그와의 대련을 연상하기에 이르렀다.

이는 오래지 않아 그의 '삶'으로 넘어갔고, 뒤이어 그간 헤쳐 온 역경과 고난들에 닿았다.

거기에는 언제나 검을 든 그의 모습이 존재했다.

'허…'

어린 사이람이 검을 들고, 소년 사이람이 검을 휘두른 뒤, 청년 사이람이 이를 회수하고, 중년의 사이람이 착검을 하며 노년의 사이람이 마무리를 지었다.

"…그런 거였나."

어느새 연공의 자세로 눈을 감은 채, 깊은 명상에 빠져들었던 허탈한 웃음과 함께 길게 기지개를 펼쳤다.

무려 일주일만의 기상이었다.

❖ ✛ ❖

헤일러는 검술원 앞에서 일어나는 변화를 세세히 관찰

하고 있었다.

'시작 하는가….'

드디어 그가 진정한 '도전'과 '모험'을 하고 있음에, 고개를 끄덕이며 더욱 신경을 기울였다.

프레이로 하여금 그를 방해하지 말라는 지시도 했으며, 따로 주변을 지켜주라고도 했다. 뜻밖이라 할 수 있는 그의 행동에 체넨이 의문을 품으면서 물어왔다.

"그를… 가르치신 겁니까?"

그녀의 물음에 헤일러는 그저 웃음으로써 답을 대신했다. 체넨의 안색이 살짝 굳어졌다.

"그는 '적'입니다."

헤일러가 고개를 저었다.

"상황에 따라서는 '동료'도 될 수 있겠지."

이해하기가 어려운 말이었다. 때문에 체넨은 결국 표정을 구겨야만 했다. 헤일러 앞에서는 최대한 예의를 지키던 그녀였으나, 지금 이 상황은 도저히 받아들이기가 어려웠던 까닭에, 이 같은 반응이 나와 버린 것이다.

"방해하지 말게."

체넨의 표정에서 어떠한 '각오'를 읽어낸 헤일러가 먼저 그 같은 결의를 끊어버렸다.

"그는 벽을 넘어야 하네."

"…어째서인지 알 수 있겠습니까?"

언뜻, 불이라도 쏘아낼 것 같은 그녀의 눈빛에 슬쩍 시선을 피한 헤일러가 어색하니 턱을 긁으며 입을 열었다.

"내 젊은 시절을 떠올리게 해서 그렇다고 하면… 때릴 건가?"

까드득…

오싹하리 만큼 섬뜩한 이가는 소리에 헤일러가 살짝 몸서리를 쳤다. 하지만 어쩔 수 없었다. 정말로 그 외에는 해줄 대답이 없던 까닭이었다.

한 차례 짧은 고민이 이어졌고, 결국 할 수 없다는 듯 헤일러가 입을 열었다.

"자네는 혹시 '버서커'라는 것에 대해서 들어 봤나?"

한 때는 레드문의 수장이었던 여인이 바로 체넨이었다. 당연히 그와 관련된 이야기도 잘 알고 있었다. 그저 세간에 알려진 것 이상으로 많은 정보를 지녔다고 해도 과언이 아니었다.

그녀의 표정과 눈빛에서 대답을 들었다는 듯, 한 차례 고개를 끄덕인 헤일러가 재차 입을 열었다.

"내가 그 버서커라고 하면… 어떤가? 믿겨지나?"

뜻밖이라고 해야 할까?

생각지도 못한 이야기의 흐름에 일순 체넨의 동공이 크게 확장되었다. 차곡차곡 쌓여있던 분노도 지금 이 순간만큼은 불길을 앞세우지 못했다.

그만큼 놀란 것이다.

"한 가지 더, 바깥의 저 녀석. 사이람 아드레안, 저놈도 버서커라고 하면 믿겠나?"

또 한 번 충격적인 발언이 터져 나왔다. 충격 때문인지 그저 입만 뻐끔거리는 체넨의 모습에, 헤일러가 히쭉 웃어 보이며 마무리를 지었다.

"하지만 나는 진짜고, 저 친구는 짝퉁이야."

그 말이 뜻하는 바는 아주 간단했다.

[만들어진 광전사!]

일순, 농담이 아닐까도 싶었지만, 체넨은 헤일러가 이런 이야기로 장난을 칠 사람이 아니라는 걸 알기에, 결국 고개를 끄덕이며 그 내용을 되새길 수밖에 없었다.

'버서커라니….'

많은 이야기책에 자주 등장하는 전설적인 존재로써, 충분히 초월자들과 견주기에 부족함이 없다고 알려져 있었다.

뿐만 아니가 그들이 '폭주'를 시작하면, 그 피해 정도는 충분히 고위 마족이나 최상급의 몬스터와도 비교할 수 있다는 식으로 표현되고는 했다.

레드문을 이끌었던 체넨이기에, 그 같은 이야기 속 내용들이 전혀 과장되지 않았음을 잘 알고 있었다. 많은 자료가 남아있는 건 아니지만, 그 적은 자료만으로도 버서커의 위험도는 생생히 전해졌던 까닭이었다.

오히려 과장은커녕, 부족할 수도 있다는 게 그녀의 판단이었다. 때문에 헤일러의 이야기가 충격적일 수밖에 없었다.

그녀의 눈빛 가득 의문이 피어나 있음에, 헤일러가 히쭉 웃어 보이며 입을 열었다.

"어째… 버서커와 성직자가 안 어울리나?"

체넨은 저도 모르게 고개를 끄덕여 버렸다. 비록 몽크가 성기사와 마찬가지로 전투를 수행한다고는 하나, 결국 그들도 본질은 성직자였다.

허나 버서커라는 존재는 어떠한가.

드래곤 그리고 마왕!

그 두 존재와 함께 언급되는 만큼, 버서커가 맡는 역할이라면 언제나 하나 밖에 없었다.

[악역!]

실제로 버서커라는 존재가 세상에 알려진 것 역시도 그런 사건과 함께하고 있었다.

비록 고대의 이야기라 어디까지가 진실이고 어느 정도가 과장인지 확인하기는 어려웠지만, 어쨌든 알려진 건 이러했다.

[왕국의 멸망을 부르는 존재!]

그 사건의 규모가 워낙 컸음일까?

시대가 바뀌고 긴 세월이 흘렀음에도, 입에서 입으로 구전을 통해, 그들이 지닌 본질적인 악의만큼은 꾸준히 전해 내려오고 있었다.

마왕과 크게 다를 것 없는 존재처럼 여겨지는 것이다.

때문에 헤일러의 이야기에 납득하기가 어려울 수밖에 없는 것이다.

그가 누구인가?

[대법관!]

무려, 저 몽크들의 최고수장이지 않던가. 성국의 지위로 본다면 대신관들 중에서도 가장 높은 자리에 앉은 존재라 할 수 있었다. 개별적인 삶을 살아가는 그들인 만큼, 지위 자체만으로 본다면, 성국의 교황과도 다를 게 없을지도 몰랐다.

버서커와 대신관?

아무리 생각해봐도 전혀 안 어울리는 조합이었다.

"나도 안 어울린다고 생각하는데, 어쩌겠나. 스승님께서 이리 조합을 해 놨으니. 흘…."

그리 말하며 어깨를 으쓱인 헤일러가 한 차례 검술원 입구 쪽을 바라본 뒤 다시금 입을 열었다.

"웃기는 이야기지만, 나는 대법관이라는 지위를 지니고 있지만… 성력은 그리 뛰어나지 않다네."

기본적으로 몽크들도 성력을 발휘할 줄 아는데, 대법관 쯤 되면 어지간한 대신관 못지않은 수준으로 성력을 발현하고는 했다.

물론, 단련에 더 집중하는 까닭에, 때때로 성력이 부족한 대법관들도 적지 않았으나, 헤일러처럼 유난스러울 정도로 성력이 부족한 이는 그들 역사를 통틀어 봤을 때, 단 한명도 없었다.

"성력의 부족함을 치료술로 메워야 할 만큼, 나는 빛의 축복이 옅다네."

저도 모르게 체넨이 고개를 끄덕였다.

'확실히…'

그녀 역시도 잘 아는 까닭이었다. 단지, 헤일러의 남다른 실력으로 인해, 그 부분을 이상하게 여긴 적이 없었다.

수행이 아닌 수련에 더 전념한 경우라고 여겼을 뿐이었다. 하지만 막상 버서커와 관련해서 생각해 보니, 분명 특이한 부분이기는 했다.

"버서커라는 건, 일종의 '운명' 같은 거라네."

헤일러의 이야기가 천천히 이어졌다.

"그냥 선천적으로 타고나기를 성격이 거칠고, 피를 보는데 주저함이 없지. 게다가 마치 뱀파이어 같은 흡혈귀처럼 한 번 피를 보기 시작하면 점차적으로 흥분하면서 미쳐가는 거지."

특별한 이유 같은 건 없었다.

그냥 그렇게 태어났을 뿐이고, 그 때문에 피를 찾는 것이며, 쉬이 흥분하며 광기에 물드는 것이었다.

"나 역시 그렇게 태어났지. 어릴 적부터 좀 남달랐다고 해야 하나."

어린 꼬마아이가 피를 보기를 주저하지 않았다. 동네에서 힘깨나 쓴다하는 어른들도 슬금슬금 피해갈 정도였다.

"당시 근처를 지나시던 스승님은 그런 내 모습에 사람하나 만들겠다면서 나를 제자로 받아들였지."

어차피 고아였던 까닭에, 그저 배 곯을 일은 없겠다는 생각으로 스승을 따랐다.

그대로 머물렀더라면, 아마 당시 지내던 빈민촌의 몹쓸 패거리들과 어울리다, 결국 그대로 뒷세계로 흘러든 뒤, 철저한 피의 계보를 이었을 확률이 높았다.

"내 스승님은… 사실 그렇게 대단한 분은 아니셨지."

그와 달리 스승은 오히려 성력에 좀 더 뛰어난 재능을 지닌 존재였다. 물론, 그렇다고 해서 대신관들과 비교할 정도는 아니었으나, 일반적인 신관들과는 충분히 어깨를 나란히 할 수준을 된다고 여겼다.

물론, 그 대신이라고 해야 할지, 수련의 정도가 낮았지만, 충분히 몽크로써 이름을 떨치기에는 부족함이 없는 수준이었다.

"함께 생활하던 초반에는 스승님께서 고생이 많았지."

스스로를 통제할 수 없어, 수시로 흥분하며 말썽을 부렸고, 사고를 일으켰으며, 때로는 사건까지 발생하고는 했다.

그럴 때마다 스승은 그를 사랑으로 감쌌다.

"낯설다고 해야 할까? 그래… 그랬지. 그런 기분이었지."

짐승과 같은 몸짓으로 맹수처럼 으르렁거리던 그의 삶에, 사람의 손길이 깃든 느낌이었다.

"스승님의 뜻대로 된 거지."

하루하루 사람답게 변해간 것이다.

물론, 거기에는 그 스스로 수행과 수련을 거듭하며, 고행의 나날을 살아가는 몽크의 삶을 받아들인 부분도 크게 작용했다.

그러다 보니 어느 순간 티끌만한 성력이 내부에 자리 잡았고, 점차적으로 이성을 앞세우는 생활을 할 수 있게 되었다.

이후, 별빛을 품은 이후 광기의 굴레를 일부 벗어던졌고, 다시금 벽을 넘어서 새로운 세상에 발을 내딛었을 때, 그는 진정한 삶을 되찾을 수 있었다.

성력도 그리 대단한 정도는 아니지만, 분명한 존재감을 드러낼 만한 정도까지 빛을 품게 되었다. 그의 어린 시절을 생각한다면, 진정 상상도 할 수 없는 많은 변화였다.

"나는 짐승이었지."

하지만 스승을 만나 사람이 되었다.

"그렇지만… 사이람 저 녀석은 다르다네."

단지, 누군가에 의해서 짐승이 되었을 뿐이다.

"만들어진 게지."

그 본인이 버서커의 운명을 지녔기에 더욱 잘 알았다. 사이람이 순간순간 내비치는 그 기운은 분명 그의 광기를 '닮아' 있었다. 하지만 결코 '진실'되지는 않았다.

그릇된 겁화의 불길을 쐬고, 단번에 상황을 이해할 수 있었다.

"뭐, 처음에는 좀 놀라기는 했지. 가짜로 버서커를 만들어 내다니. 아무리 생각해도 제정신으로 할 짓은 아니니까."

광기에 물든 삶이 어떠한지 모르지 않기에, 사이람 아드레안이란 존재 자체에 놀랐고, 그를 탄생시킨 이들에게 분노했다.

"그래서 한 번 판을 뒤집어 볼 생각이라네."

사이람에게 부여된 그릇된 굴레를 벗겨버린다면?

그의 인생을 계획한 이들에게는 그야말로 예상치도 못한 사건이 될 터였다.

'뭐, 옛 생각을 하게 만든 이유가 더 크지만….'

그들 두 사람은 전혀 다르지만, 버서커라는 공통점에서 닮아있는 부분이 있었다. 때문에 미묘한 동질감을 느꼈다고 해야 할까?

"게다가 저대로 두면 잘못된 길을 갈 수도 있었으니까. 차라리 한 손 거드는 게 나을 것 같았지."

자칫, 광기의 굴레를 온전히 받아들이며, 진정한 광전사로 재탄생될 수도 있었다.

'시간 문제였겠지.'

짐작컨대 오래지 않아 결국 벽을 넘을 거라 여겼다.

'어차피 넘을 벽이라면….'

그의 본질을 깨닫게 해 줄 생각이었고, 그런 이유로 매 순간순간 혼신의 힘을 다해서 두들겼다.

언뜻 별 것 없는 동작들 같았으나, 거기에는 몽크의 공부를 집대성한 체술의 정수가 극한까지 담겨있었다.

'제 녀석도 검을 든 기사라면….'

훌륭히 거기에 호응해 줄 거라 믿었다.

"만약… 잘못된 길로 들어선다면 어떻게 하실 생각이십니까?"

체넨의 물음은 당연한 것이었다. 자칫, 전설 속 이야기 그대로의 버서커가 탄생할 수 있는 까닭이었다.

이에 헤일러가 쓰게 웃으며 답했다.

"그때는… 직접 손을 써야겠지."

결국, 벽을 넘어설 거라지만, 어쨌든 그가 끼어들어서 그 시간을 앞당긴 건 분명했다. 기왕 관여한 것 마무리까지 확실히 지을 생각이었다.

'그런 일이 또 발생할 수는 없으니….'

잔상처럼 뇌리에 새겨진 과거의 한 장면이 떠올랐다. 그의 손에 묻혔던 수많은 피와 그로 인해서 깨우친 운명의 굴레, 그에게는 실로 악몽과도 같았던 순간이었다.

자그마한 소규모 도적떼였다.

대단한 악명을 떨치거나 하는 이들도 아니었다. 가난에 지치고 영주의 횡포에 내몰려서, 그렇게 칼을 든 이들일 뿐이었다.

충분히 제압할 수 있었고, 그럴 마음도 품고 있었다.

'단지… 운명을 이겨낼 힘이 부족했지.'

아련하니 어른거리는 별빛에 조급해하던 시절이었고, 작은 변화에도 민감하게 반응하던 그런 위태로운 시기였다.

전투에 들어가고, 흥분에 휩싸이며, 그의 손은 자비를 잃어버렸다.

결국, 몰살이라는 최악의 결과로 이어졌다.

'…괴물이 각성한다면, 내 손으로 직접 해결해야겠지.'

당시의 경험은 결코 정상적이지 않았다. 만약 주변이 사람이 있거나, 인근에 마을이라도 존재했더라면, 더욱 큰 피해로 이어졌을 것이다.

장담할 수 있었다.

그도 그렇게 이성을 잃어버렸던 그는, 당시 산 깊은 곳으로 들어가 인근의 몬스터들을 말 그대로 갈아버렸던 까닭이었다.

산 하나가 통째로 피에 물들었던 사건이었다.

결과적으로는 도적떼가 자취를 감추고, 몬스터들도 사라졌다며, 상행을 하던 이들은 좋아했었지만, 진실을 아는 그에게 있어서는 그저 고통스런 결과일 뿐이었다.

특히, 몽크의 삶을 살아가던 만큼, 더더욱 괴로움과 절망감에 허우적거려야만 했다.

'지금 생각해 보면 위험한 시기였지.'

스스로의 운명에 좌절하여 굴복해 버렸을지도 모를 정도로 나약해졌던 순간이었다.

하지만,

'그걸 이겨냈을 때….'

진정으로 그는 위기를 넘어 온전한 별빛을 품게 되었고, 운명의 굴레에서 한 걸음 멀어질 수 있었다.

만약, 사이람이 광전사의 운명을 받아들이게 된다면?

과거의 그가 일으켰던 사건은 장난처럼 여겨질 정도의 사건들이 대륙 곳곳에서 발생할지도 몰랐다.

'부디….'

그런 일은 발생하지 않기만을 바랄 뿐이었다.

'이 나이 먹고 개싸움은 하고 싶지 않으니까.'

진정, 버서커가 탄생한다면, 그로써도 쉽지 않은 싸움이 될 것이기에, 여러모로 피하고 싶은 상황이었다.

그렇게 일주일이라는 시간이 흘렀을 때,

끼이이이이익…

검술원의 입구가 천천히 열리며, 사이람이 모습을 드러냈다.

그 모습에 헤일러가 버럭 성을 내며 외쳤다.

"출입금지라니까."

이에 사이람이 어깨를 으쓱이며 대답했다.

"그래서 발은 안 들어가고 있지 않습니까."

"흠…."

헤일러가 웃었고, 사이람도 옅게 미소를 지어보였다.

"고놈, 이제야 사람 냄새가 좀 나는구만."

그들 두 사람의 눈빛이 맞닿았다.

"들어와."

그 말과 함께 헤일러가 손짓했고, 사이람이 검술원의 입구를 넘었다.

결과는 성공적이었다.

❖ ✤ ❖

고대하던 벽을 넘고 찬란한 별빛을 얻었을 때, 드디어 '그'가 새긴 굴레에서 벗어났다고 여겼다.

완전하지는 않지만, 나름 선명한 자유를 얻었다고도 믿었다.

'…착각이었지.'

이번 경험을 통해 깨닫고 또 깨우쳤다.

여전히 '그'의 굴레는 작용하고 있었다. 오히려 더욱 단단하게 전신을 옥죄고 있던 것이다.

찬란하던 별빛?

그 역시도 '그'가 부여한 거짓된 별자리일 뿐이었다.

'모든 게 가짜였을 줄이야.'

새삼스레 '그'의 능력에 감탄이 일었다.

[유령왕!]

존재 자체가 사기와도 같다는 생각마저 들었다. 그렇지 않고서야 어찌 별빛을 새겨 넣을 수 있겠는가.

애초에 그가 벽을 넘은 게 아니라, 그가 넘겨준 것이었고, 벽을 넘어선 힘 자체도 그 본인의 것이라고 하기 보다는 그가 새겨 넣은 것이니, 결국 모든 게 그의 뜻대로 이뤄진 것이다.

물론, 지닌바 재능의 역할이 컸다는 건 부정할 수 없지만, 그럼에도 불구하고 '그'의 조율이 아니었더라면, 벽을 넘는 건 결코 쉽지 않았을 터였다.

충격적인 건 별빛을 품고 그마저도 넘어서기 위해 마지막 한 걸음을 남겨놓은 이 시점에, 여전히 그 같은 사실을 몰랐다는 점이었다.

'만약…그대로 벽을 넘었더라면….'

짐작컨대 내부 깊숙이 자리한 파탄의 씨앗으로 인해, 영영 그의 꼭두각시가 되어버렸으리라.

그런 의미로써 이곳, 빈민가의 허름한 검술원에서의 만남이 특별했다.

놀랍게도 '그'의 그늘을 일부나마 걷어낼 정도의 실력자가 그곳에 존재하는 까닭이었다.

'덕분에 선택할 수 있었지.'

진정으로 스스로가 원한 선택을 한 것이다.

'그리고… 벽을 넘었다!'

조금 쓰린 대가를 치렀지만, 결코 아쉽다거나 한 건 아니었다.

[버서커!]

오랜 세월동안 그의 내부에 존재하던 '괴력'을 내려놓고, 악의에 찬 '굴레'를 벗어던졌다.

만약, 그를 만나지 못했더라면 어떻게 되었을까?

'굴레에 완전히 얽매였겠지.'

이번 경험을 통해 많은 것들을 알게 된 덕분인지, 확신에 가까운 추측을 할 수 있었다.

정서적인 발달과 가치관의 확립이 제대로 잡히기도 전, 아주 어린 시절부터 철저하게 정해진 경로를 따라 걸어왔다.

뿐만 아니라 한 차례 벽을 넘어서던 과정에서, 그 길이 이끄는 지름길의 안락함을 맛봤다. 이미 헤어 나오기 어려운 것도 있었지만, 그의 시야에 들어오는 길도 하나밖에 없는 까닭에 더더욱 벗어날 수 없는 상황이었다.

그러던 찰나, 새로운 길이 열린 것이다.

비록 그 길은 지금껏 걸어왔던 것과 비교하면 너무도 좁고 험난했지만, 가능성과 희망을 남겨주었다는 것만큼은 분명했다.

갈등의 순간이 있었지만, 마지막 기회라는 걸 알기에, 도

전했고 또 모험하며 가시밭길 위로 뛰어들었다.

"뭐, 덕분에 몸 상태가 엉망이네요."

사이람은 그처럼 너스레를 떨며 어깨를 으쓱였다. 특히, 지닌바 혜택을 내려놓은 덕분에 속이 아주 제대로 허한 느낌이었다.

이에 헤일러가 히쭉 웃으며 물었다.

"그래서 아쉽냐?"

"조금… 미련은 남네요."

평생에 걸쳐 쌓아왔던 공부를 내던진 것이다. 아무래도 신경이 쓰이는 건 어쩔 수 없었다.

"시간이 해결해 줄게다."

헤일러의 이야기에 사이람 역시 동의한다는 듯 고개를 끄덕였다. 지난 세월이 있기 때문에, 한 순간에 전부 떨쳐 내는 건 무리였다.

문득, 사이람이 자리에서 일어나 정중한 자세로 헤일러에게 예를 갖췄다.

"흠… 민망하게 굴래?"

즉각적인 타박이 이어졌지만 사이람은 멈추지 않았다.

아드레안의 주인으로써, 그의 나이도 어느새 황혼을 넘어선 상태였기에, 이처럼 고개를 숙이는 게 여러모로 낯선 일이었다.

그럼에도 불구하고 깊이 또 깊이 머리를 숙이며 예를 보였다.

헤일러는 그것이 기사들이 스승을 향해 바치는 인사임을 알기에 멈출까도 싶었지만, 이내 쓴웃음과 함께 이를 받아들였다.

사이람의 표정에서 물러날 생각이 없다는 걸 전달받은 까닭이었다. 다행스럽게도 시간은 그리 길지는 않았다.

일종의 약식으로 마무리를 지은 것인데, 너무 과하면 오히려 헤일러에게 폐가 된다고 여긴 까닭에, 사이람 스스로가 자제한 것이었다.

그렇게 짧은 인사가 끝난 뒤, 사이람이 먼저 말문을 열었다.

"저는 스승이라 불릴만한 분이 없습니다."

이유는 별 것 아니었다.

그들 '버서커' 는 일종의 '실험체' 였던 까닭이었다.

"뭔가를 가르치기보다, 오히려 저희에게서 가져가는 걸 우선으로 했었죠."

가문의 어른들은 그를 비롯한 후보들의 공부를 봐주기보다, 육신을 살피는데 여념이 없었다.

그렇다고 해서 가르치는 걸 허투루 한 것도 아니었다. 하지만 이는 스승과 제자라고 하기보다, 마법사와 실험쥐 같은 관계와도 같았다.

성장의 거름을 던져주고, 어찌 변화하는지 살피는 것이다.

"마치… 저희들의 '성능' 을 보는 것 같았죠."

뛰어난 마법사들이 만들어낸 마도구를 살피듯, 그렇게 그들 육신의 능력변화에만 주목할 뿐이었다.

때문에 그들에게 가르침을 받고도 배웠다는 생각이 들지 않았다.

"과거에는 그게 당연하다고 생각했었는데… 지금에 와서 생각해보니, 말도 안 되는 일이죠."

짐작컨대 이 역시도 조작 혹은 세뇌의 일부분이었으리라.

"어르신께서 어떤 분이신지… 저는 잘 모릅니다."

하지만 분명한 건 하나 있었다.

"저를 위해 스스로의 전부를 내어주셨다는 겁니다."

"뭘, 또 그렇게 거창하게 이야기하누. 흘…."

사실, 틀린 말은 아니었다.

헤일러가 평생에 걸쳐 쌓아올린 몽크의 공부, 그 정수를 사이람과의 대결 혹은 대련 시간에 아낌없이 펼쳐 보인 것이다.

그 동작과 동선 그리고 흐름이 사이람에게는 '새로운 길'이 되었고, 그간 쌓아왔던 그의 검에도 그 같은 흐름이 잠재되어 있음을 깨닫게 만들어주는 결정적인 계기로 작용했다.

어린 시절, 그를 가르치던 가문의 어른들과 달리, 헤일러는 생판 남인 그에게 진심을 보여줬고, 지닌바 공부를 아낌없이 퍼주었다.

비록, 많은 대화가 오간 건 아니었건만, 가슴을 울리는 묘한 여운이 남아, 백 마디 말보다 진하게 스며들고 있었다.

그 공부를 통해 알아낸 거라면 딱 하나 밖에 없었다.

[몽크!]

아드레안 검가의 주인답게 그의 머릿속에 담긴 공부는 실로 방대했고, 몽크의 체술도 상당부분 들어있었다.

'어쩌면….'

수도사들의 공부이기에 그와의 상성도 잘 맞아떨어진 걸지도 모른다는 생각도 들었다.

버서커의 성질을 떠올려 봤을 때, 실상은 상극이었으나 덕분에 본연의 모습을 되돌아 볼 수 있었으니, 그야말로 반전의 반전이라 할 수 있을 터였다.

"저를 어찌 생각하셔도 상관없습니다. 하지만 저는 어르신을 스승님처럼 여길 것입니다."

공부는 과거 가문의 어른들이 더 제대로 가르쳤을 것이나, 그가 배움을 느끼고 인지한 건 헤일러가 유일했다.

"흘… 이거 또 이렇게 내 추종자가 생기는구만."

너털웃음을 지어보이는 헤일러의 모습에 사이람도 한 차례 웃음을 터트렸다.

"언제 떠날 생각인가?"

웃음 끝에 헤일러가 그리 물어왔다. 이에 사이람이 한 차례 건물 측으로 시선을 던져 보냈다.

체넨을 떠올린 까닭이었다.

'역시…안 되겠지.'

길지 않은 시간이었으나, 그녀의 마음은 예나 지금이나 그의 손짓으로는 잡을 수 없다는 걸 깨닫기에는 충분했다.

여전히 미련의 잔재가 남아있었지만, 떨쳐낼 때는 과감히 털어버려야 한다.

"바로 떠날까 합니다."

"호…."

뜻밖이었던지 헤일러가 눈을 동그랗게 뜬 채 사이람을 바라봤다.

"조금 더 이곳에 머물고 싶지만… 잘못 된 걸 바로잡는 건, 아무래도 미루기가 좀 꺼림칙하네요."

그 말을 할 때, 사이람의 머릿속으로 떠오르는 건 하나뿐이었다.

'트로간!'

그의 가문이자 아드레안 검가의 중앙을 지킨다고 할 수 있는 가장 단단한 기둥이었다.

"게다가… 기다리는 손님도 있으니. 너무 늦어서는 안 되겠죠."

비록 이곳에 몸을 숨기고 있다고는 하나, 검가의 소식에는 꾸준히 귀를 기울여왔다.

덕분에 검가에 출현한 용병왕의 소식도 들을 수 있었다.

"쉽지 않을 걸."

헤일러의 이야기에 사이람의 눈이 동그랗게 변했다.

이게 겨우 벽을 넘어섰다고는 하나, 어쨌든 그는 별빛 너머에 닿았다.

버서커로써 쌓아올린 '괴력'을 잃어버렸지만, 그렇다고 해서 별빛 너머에 발을 들였다는 사실이 변하는 건 아니었다.

그럼에도 불구하고 쉽지 않다?

문득, 생각나는 게 있던지, 사이람이 잔뜩 굳어진 얼굴로 어렵사리 물음을 꺼내들었다.

"그도… 넘었습니까?"

헤일러는 그저 웃음으로써 답을 대신했다.

'으음….'

그 미소의 의미가 짐작되었지만, 그럼에도 불구하고 믿기 어려운 사실인 까닭에, 일단 그에 관한 생각은 접어두기로 했다.

'직접 만나서 확인해 보면 알 수 있겠지.'

빠르게 감정을 수습하는 그의 모습에, 한 차례 고개를 끄덕이던 헤일러가 대뜸 자리에서 일어나더니 연무장 중앙으로 걸어갔다.

"가기 전에, 마지막으로 한 번만 더 어우러져 보자."

그러며 히쭉 웃어 보이니, 사이람 역시 시원하게 웃으며 연무장으로 훌쩍 달려갔다.

　　　　　❖　⋅❖⋅　❖

　사건의 여파로 인해서일까?

　"이건 뭐… 수감생활하고 다를 게 없네."

　루드말은 그처럼 이야기하며 침상에 누운 에던을 바라봤다.

　"쫄리는 만큼 경비가 삼엄해지는 거죠."

　언뜻, 이전과 별반 다를 것 없어 보이는 치료실의 생활이었지만, 그 실상은 전과는 크게 달랐다.

　앞전에는 에던의 부상이 심각하다 여겨, 그를 감시하는 인원에 일말의 여유가 있었다.

　하지만 이번 사건을 통해서, 그의 부상이 중요한 게 아니라는 걸 깨달은 아드레안의 다섯 가문은, 상당수의 기사들을 새롭게 이동한 치료실에 붙여놓은 것이다.

　겉으로 보기에는 이전 치료실의 풍경과 비슷하지만, 그 실상은 전력적인 측면에서 크게 차이가 있었다.

　일반 경계근무를 서는 이들마저도 고위 기사들이 전담하고 있는 것이다. 그야말로 아드레안의 정예들로 이곳 치료실을 꽉꽉 채워져 있다는 뜻이었다.

　"그래서 몸은 좀 어떻고?"

　루드말의 물음에 에던이 어깨를 으쓱였다.

　"뒈질 것 같죠."

　"허… 거 참, 신기하단 말이야. 스스로 오러 역류를 일으키고, 그걸 장기적으로 이어갈 수 있다니."

상당한 공부를 쌓은 루드말에게도 그것만큼은 낯선 세상의 이야기와 같았다.

'미끼 한 번 던지자고… 허….'

오러 역류라 하면, 스스로의 내장을 휘젓는 것과 크게 다를 것이 없건만, 이를 꾸준히 이어간다니. 이해할 수가 없고 이해하기도 싫은 그런 부분이었다.

하지만 그럼에도 불구하고 묘하게 관심이 가는 건, 저 같은 경험을 통해, 오러의 이해도를 높일 수 있지 않을까 하는 독특하고도 쓸데없는 호기심 때문이리라.

어쨌든 그의 온몸을 불사르는 연기 덕분인지, 미끼는 결국 대어를 낚았고, 이렇게 아드레안 전체의 분위기를 제대로 뒤집어 놓기에 이르렀다.

"이제 어쩔 생각인가?"

루드말은 이후 계획에 대해 물었다. 이에 에던이 자리에서 일어나더니, 침상 한편에 엉덩이를 걸치며 답했다.

"뭐… 일단은 지켜봐야죠. 제가 이곳에서 그냥 이렇게 숨만 쉬고 있어도, 주변 공기가 변하는 게 느껴지더라고요."

때문에 최대한 이곳에서 비빌 수 있을 때까지는 버틸 생각이었다. 물론, 계속 현상 유지를 하기는 어려울 게 분명했다.

그의 이 기이한 상태가 장기적으로 이어질수록, 아드레안

측에서도 의심을 할 것이기 때문이었다.

"억지로 쫓아내면?"

"각혈 한 번 정도 해 주면 되겠죠."

어깨를 으쓱이던 에던이 역으로 루드말을 향해서 물었다.

"그나저나 잘 되고 있습니까?"

"뭐… 그럭저럭."

루드말이 쓰게 웃으며 답했다. 에던이 치료실로 떠나기 전에 했던 이야기가 떠오른 까닭이었다.

[기사왕… 그거 어르신이 접수하시죠.]

그 시작이 바로 드레이안의 기사들이었다. 이미 그런 이야기를 몇 차례 나눴던 까닭에, 나름 진지하게 생각하고 있는 부분이기도 했다.

"어째, 표정이… 어렵습니까?"

"자네가 워낙 판을 잘 깔아놓고 가서, 쉽지가 않네."

루드말이 쓰게 웃으며 에던을 바라봤다. 드레이안의 기사들 대부분이 에던이 보여줬던 별빛에 취해있었다.

"내가 아니라 자네가 접수해야 할 판이야."

그럭저럭 분위기는 끌어 모으고 있지만, 도통 쉽지가 않았다.

"어찌나 큰 놈을 싸질러 놨는지. 치우느라 시간 가는 줄 모르겠다."

"…거 참, 표현을 해도."

민망함에 시선을 피하는 에던의 모습에, 루드말이 한 차례 헛웃음을 흘리고는 이곳을 찾은 본론을 꺼내들었다.

"복귀한다더라."

"…예?"

"사이람 아드레안. 그놈이 돌아온다고."

일순, 에던의 눈가에 별빛이 반짝였다.

"호…."

기사왕의 귀환!

확실히 자극적인 소재가 될 수 있을 것 같았다.

❀ ✛ ❀

다시금 등장한 '한 사람'의 소식으로 인해, 한차례 대륙이 들썩였다.

사이람 아드레안!

돌연 잠적했던 까닭에, 그의 행적은 많은 이들이 관심을 기울였고, 거기다가 레아-발람에 나타난 용병왕의 소식까지 더해지면서, 더욱 많은 사람들이 그의 행보에 집중할 수밖에 없었다.

트레이셸의 국왕 라벨르만 역시도 그런 이들 중 한명이었다.

"이런, 미친!"

들려온 소식을 통해, 사이람이 그간 트레이셸 왕국과 멀지 않은 곳에 자리하고 있었음을 알았다.

물론, 여전히 그 정확한 위치는 전해오지 않는 까닭에, 대략 어디 정도라 짐작만 할 뿐이었지만, 그것만으로도 가까이에 숨어있었다는 것 정도는 알 수 있었다.

때문에 더욱 열불이 터지는 것일지도 몰랐다.

"기껏 이곳까지 와서 아무런 행동도 취하질 않는다니…."

이렇게까지 쓸모가 없을 거라면, 애초에 그의 행보에 기대할 이유가 없었다.

물론, 그의 정보를 선점한 덕분에, 전력적인 이득을 점할 수 있었지만, 결국 그마저도 그간 이어온 전장의 상황을 놓고 생각해 봤을 때, 절대적인 우위를 차지했다고 보기는 어려웠다.

상대측 역시도 발 빠르게 사이람과 관련된 정보들을 모으며, 자유기사들을 끌어들이면서 전력적인 부분을 착실히 채워 넣었던 까닭이었다.

한 박자 밀렸다고는 하나, 그 거리감은 겨우 반걸음 정도였다.

정보전에서 절대적인 우위를 잡지 못한 것이다. 이 부분에 대해서는 충분히 짐작되는 바가 있었다.

[레드문!]

명확하게 이렇다 할 정보가 나온 건 아닌 만큼, 아직

확신까지는 하기가 어려웠지만, 느낌상으로는 그들이 은연중에 손을 거들고 있다는 예감이 들었다.

그렇지 않고서야 이 정도까지 정보전을 따라올 수 있을 리가 없었다.

이 같은 부분 때문에 더욱 사이람의 행보가 거슬리는 것이기도 했다.

만약, 그가 트레이셸에 나타나서 몇 마디만 던져줬더라도, 더욱 압도적인 이득을 취할 수 있었을 것이기 때문이었다.

'아니… 그냥 이곳에 모습만 보였더라도….'

그간의 손해를 모두 메울 정도의 우위를 보일 수 있을 터였다.

당연하게도 사이람 역시 이 같은 사실을 알고 있었을 것이다. 그런 이유로 인해, 트레이셸 근방에 머물고 있었으면서, 아무런 행동도 하지 않았다는 게, 마치 그를 무시하는 것처럼 여겨졌다.

조금은 과한 반응일지도 모르나, 칠성좌 대부분이 사이람을 껄끄럽게 여기는 까닭에, 어쩌면 이 같은 과민반응이 당연한 것일지도 몰랐다.

아마 그 뿐만 아니라 다른 칠성좌들 역시 그와 같은 반응을 보였을 거라 장담할 수 있을 정도였다.

속에 열불이 끓었지만, 그렇다고 사이람의 행보를 지적할 수도 없었다. 어찌 되었건 외부적으로는 칠성좌와 아드레안은 별도의 세력으로써 존재하는 까닭이었다.

게다가 내부적으로도 적잖은 거리감이 있는 만큼, 더더욱 제재할 명분이 없기도 했다.

"이 참에 그 두 놈이 함께 뒈져버리면, 속이 편할 것을⋯ 쯧!"

사이람이 검가로 복귀하는 이유가 '용병왕'이라는 것을 알기에, 결국 그들이 마주하게 될 것이라는 것 역시 짐작 가능했다.

애초에 사이람이 세상으로 나온 이유가, 용병들의 왕에게 자격을 묻는다는 명목이었던 만큼, 그들은 결국 맞붙을 수밖에 없었다.

그 둘이 공멸한다면 지금 이 답답한 가슴도 시원하니 뻥 뚫릴 것 같았다.

하지만 아무리 생각해도 그럴 일은 없을 거라 여겼다.

설마하니 오래전부터 기사왕이라 불리는 사이람이 에던에게 패배할 것 같지는 않았다.

물론, 용병왕 에던이 그간 보여준 모습들이 있고, 또 당해온 일들이 있으니 만큼, 선뜻 이를 장담하기는 어려웠지만, 무대가 되는 장소가 문제였다.

'똥개도 제 집에서는 크게 짖는데, 그놈이야⋯'

실력적인 부분을 제외 하더라도, 사이람이 설마 아드레안 내에서 용병왕에게 패배할 거라고는 상상도 되지 않았다.

"적당히 은퇴할 만큼만 다쳐줘도 괜찮을 텐데."

그나마 다행이라면 용병왕이 사라지면, 그의 존재감에 억눌려있던 길드들이 다시금 목소리를 높이게 될 것이고, 자연스레 암전의 힘이 커질 것이라는 점이었다.

아쉬운 게 있다면, 전쟁의 초기였더라면 전장의 판도를 단번에 휘어잡거나 뒤집을 수 있었을 것이나, 안타깝게도 지금은 그 시기를 지나, 충분한 병력과 군단이 형성되어 있는 시점이라는 것이다.

그나마 지금의 우위를 확실히 굳힐 수 있단 부분에서 위안을 얻을 뿐이었다.

그런 의미에서, 한동안은 아드레안의 상황변화에 관심을 쏟아 넣을 수밖에 없을 터였다.

'에던 운트… 일단은 그 빌어먹을 놈의 처리가 우선이지.'

아마도 이는 그 뿐만 아니라, 다른 왕국과 그들의 정점들 역시 공통되게 생각하는 부분이었고, 그 때문인지 온 대륙의 이목이 아드레안으로 집중되고 있었다.

❖ ❖ ❖

[레아-발람!]

기사들의 성지라 불리면서, 그렇잖아도 세상의 이목을 집중시키는 장소였으나, 최근 들어서는 그 주목도가 유난스러울 정도로 높아지고 있었다.

용병왕와 기사왕!

에던 운트의 출현에 불이 붙었고, 다시금 복귀하는 사이람의 존재로 인해 불길이 크게 번지고 있는 것이다.

당연하게도 이 같은 공기 변화는 레아−발람의 내부 분위기를 크게 흔들었고, 그 가장 깊숙한 곳에 자리를 잡은 에던의 입장에서는 가장 생생하게 그 현장감을 맛볼 수가 있었다.

"눈빛들이 많이 변했네."

에던의 문병을 온 루드말이 그 같은 이야기와 함께 창밖을 바라봤다. 그에 동의한다는 듯 에던 역시도 고개를 끄덕이며 바깥으로 시선을 보내고 있었다.

병실 주변을 지키는 기사들이 보였다. 좀 더 정확히는 감시하는 이들이었는데, 이전까지만 해도 저들의 모습에서는 미묘한 긴장감이 비쳐졌었다.

조금이지만 위축된 느낌 역시도 존재했다.

감시라 부르지만 경계적인 의미가 더 컸던 게 저들의 모습이었다.

하지만 사이람의 소식을 전해들은 이후부터는 그 분위기가 변하며, 당당함이 어깨 위에서 으쓱이고 있었다. 철저하게 '감시'에 집중하는 느낌이었다.

개중 몇몇은 도발적인 시선마저 보내오는 이들도 있을 정도였으니, 사이람의 복귀가 저들에게 미치는 영향력을 새삼 실감하게 만들고는 했다.

"드레이안 녀석들도 분위기가 변했을 정도니⋯ 뭐, 저런 모습들이 이상할 건 아니네."

그간 루드말이 공을 들였던 게 허무할 정도로 급변한 건 아니었지만, 그럼에도 불구하고 드레이안에서는 몇몇 그와 거리를 벌리려는 움직임이 잡혔다.

허무함까진 아니더라도 씁쓸한 느낌은 있었다.

사이람과는 체넨과 얽매인 좋지 않은 과거가 있던 만큼, 더더욱 마음에 들지 않는 변화였다.

물론, 거기에는 사이람과 루드말 개인적인 부분보다는 아드레안과 드라필만이라는 가문의 격차가 더 크게 작용한 것이지만, 그런 부분 상관없이 기분이 좋지 않은 건 사실이었다.

그나마 다행이라면, 사이람의 복귀 소식에도 여전히 그를 따르듯 움직이는 이들이 있다는 점이었다.

아무래도 그들의 존재 덕분에, 조금이나마 더 허탈한 감정을 추스를 수 있던 것이리라.

작은 한숨과 함께 이 같은 상념들을 뱉어낸 루드말이 에던을 향해 물었다.

"괜찮겠냐?"

에던의 의아한 눈으로 그를 바라보자, 슬쩍 한마디를 더 했다.

"사이람."

머지않아 다가올 아드레안의 주인과의 만남을 언급한

것이다. 그제야 물음의 의미를 이해한 듯, 에던이 어깨를 으쓱거리며 대답했다.

"뭐… 직접 만나봐야 알겠죠."

여유가 넘쳤지만 루드말은 그 모습에도 긴장감을 풀지 않았다.

이미 앞서의 사건들을 루드말에게 전하며, 습격자들의 실력과 그들이 폭주하던 모습까지 함께 이야기가 전달되었는데, 이 부분 때문에 우려하는 마음이 커지는 것이었다.

[세 명이면 충분합니다.]

에던이 설명하기를 지난 습격자들 셋이 모이면 초월자라 불리는 이들도 필패라 했고, 둘이면 승부를 가늠하기 어려우며 단 한명이라 할지라도 방심하면 승패가 갈릴 수 있다고 전했었다.

순수한 괴력에 한해서는 초월자들도 한 수 접어줘야 할 정도라는 이야기도 들었다.

만약, 그 같은 폭주가 사이람에게도 적용된다면?

'…장담할 수 없다!'

그게 루드말이 내린 결론이었다.

아무리 에던의 실력이 별빛 너머에 올랐다지만, 상대는 말도 안 되는 괴력을 지닌 괴수와도 같았다.

뿐만 아니라 기사왕이라 불릴 정도로 제대로 된 단련으로 탄탄한 공부를 쌓아올린 사이람이라면, 그 같은 괴력을 통해 별빛 너머의 힘을 재현하는 게 가능할지도 몰랐다.

"정말 괜찮겠냐?"

루드말이 재차 그리 물었고, 에던은 또 다시 어깨를 으쓱거릴 뿐이었다.

상대가 진정 말도 안 되는 괴력을 지니고 있어, 이를 통해서 별빛 너머의 세계를 엿보고 있다 할지라도, 에던은 크게 신경 쓰지 않았다.

진정으로 별빛 너머에 오른 것이 아닌, 그저 엿보기만 하는 건, 충분히 감당할 수 있다고 여긴 까닭이었다.

'기껏해야 외눈박이 정도겠지.'

침묵의 숲에서 마주했던 사이클롭스을 한 차례 떠올리고, 이내 '진짜'라 할 수 있는 크라이드만까지 생각이 닿았다.

'그 정도는 돼야 괴물이라고 부를 수 있는 거지.'

레-그라자에서의 수련을 떠올린 까닭일까?

저도 모르게 몸서리를 쳐 버렸고, 루드말은 이 모습을 통해서 그가 긴장감을 유지하고 있다는 걸로 받아들인 채, 고개를 끄덕이며 안도할 수 있었다.

혹여 그가 방심하고 있는 건 아닐까 싶어 우려하던 부분이 제거된 까닭이었다.

실상은 철저한 착각이었지만, 어쨌든 덕분에 루드말의 집요한 물음은 피할 수 있었다.

하지만,

에던 역시도 한 가지 착각한 부분이 있었다.

"흠… 꾀병인 줄 알았더니, 정말로 안 좋은 건가?"

루드말이 돌아가고 밤이 깊어 어느새 새벽에 이르던 시각, 소리 없이 찾아든 불청객이 있었다.

그 존재를 마주한 에던은 자신이 한 가지 가설을 제외하고 있었음을 깨달았다.

'하! 설마….'

단 한 번에 불청객의 정체를 알아봤다.

'…벽을 넘었을 줄이야.'

불청객은 이곳 아드레안의 주인이었고, 그가 여태껏 착각하고 있던 건, 상대를 별의 영역에 고정되게 보고 있었다는 점이었다.

그 너머에 이르렀다는 가정을 배제해버렸던 것이다.

"반갑군. 이곳 아드레안 검가를 이끌고 있는 사이람 아드레안이라고 한다네."

불청객은 그렇게 말하며 손을 내밀었고, 에던은 짧은 실소와 함께 주저 없이 그 손을 맞잡았다.

"그쪽이 시험하고 싶다던 에던 운트입니다."

잠시의 망설임도 없이 손을 잡아오는 모습에 사이람 역시 짧게 실소했다. 별 것 아닌 이 가벼운 행동을 통해, 서로가 서로에게 시험을 했다는 걸 깨달은 것이다.

그들은 맞잡은 손을 통해, 서로의 실력을 일부나마 엿보고 있었다.

별의 영역을 넘은 자!

진정으로 인간의 한계를 벗어난 존재!

서로가 같은 위치에 서 있음을 깨달았다.

"그나저나… 정말로 몸이 불편해 보이는데, 왜 자꾸 나는 자네가 꾀병처럼 느껴지는지 모르겠군. 혹시… 내가 착각하고 있는 건가?"

사이람의 직설적인 물음에 에던이 짧게 답했다.

"꾀병입니다."

"역시….."

고개를 끄덕이던 사이람이 재차 물어왔다.

"헌데, 정말로 아파보이는 것 같기도 한데, 그럼 이게 착각인가?"

"아니요. 정말로 아픈 것도 맞는데요."

"허… 거 참, 신기한 재주를 가지고 있군."

모순되는 이야기였으나, 사이람은 왠지 에던이라면 그럴 수 있을 것 같다는 느낌을 받았기에, 이를 부정하거나 꼬집어 의문을 제기하지 않았다.

그냥 납득해버린 것이다.

"기왕이면 조용히 이야기 좀 나누고 싶은데, 몸은 언제쯤 회복되나?"

에던은 그가 바라는 '대화'가 '대결'을 뜻하는 것임을 바로 알아들었다. 뿐만 아니라 '조용히'라는 건, 가문이나 주변 시선에 관계없이 그들 단 둘이서만 상황을 해결보자는 뜻이기도 했다.

고개를 끄덕인 그가 짧게 답했다.

"지금 즉시 가능합니다."

그리고 이어진 호흡에 묘한 열기가 뿜어져 나왔다. 사이람이 두 눈 가득 이채를 띄운 채 가만히 그를 응시했다.

얼마나 지났을까?

대략 서른 번쯤 호흡을 골랐다고 여겨질 무렵, 어느새 창백했던 에던의 피부가 제 색을 되찾았고, 그 전신에서도 활력이 넘쳐흐르기 시작했다.

조용히 지켜보던 사이람이 짧게 물었다.

"그래. 대화할 준비는 끝났나?"

"바로 시작하시죠."

에던이 고개를 끄덕이며 자리에서 일어났다.

❖ ❖ ❖

멀찍이 '집'이 보였다.

너무나도 익숙한 풍경이건만, 어찌 된 일인지 전에 없이 낯설게만 느껴지는 이유는 무엇일까?

'진실…을 알아버렸기 때문이겠지.'

대륙을 떨쳐 울리는 명문 검가의 수장으로써, 많은 이들의 우러름을 받아왔지만, 결국 그 모든 것들이 '거짓'으로 점철된 것들이며, 그는 철저한 '꼭두각시'일 뿐이었다는 걸 깨달아 버렸다.

그 때문에 저 익숙한 풍경에 소름이 돋는 것일지도 몰랐다.

'하긴, 애초에 그 정도는 짐작하고 있었으니….'

다행이라면 오래 전부터 '유령왕'의 존재를 알고 있던 까닭에, 그의 위치가 진실한 게 아니라는 것 정도는 알고 있었다는 점이었다.

하지만 그 삶 전반에 걸쳐 거짓으로 얼룩져있음을 깨닫고 나자, 그 충격은 전에 없이 압도적으로 어깨를 짓눌러왔다.

만약, 진정한 의미로써의 각성을 하지 못했더라면, 그래서 정신력의 영역의 크게 확장되지 못했더라면?

자칫 무너져버렸을지도 몰랐다.

'아마도… 폭주했을 확률이 높겠지.'

그 역시 버서커라 불리는 실험의 일원이었기 때문에, 폭주의 위험으로부터 자유로울 수는 없었다.

지니고 있던 모든 혜택을 내려놓은 지금도, 여전히 그의 내부에는 그 잔재가 남아있음에, 아직 안심하기란 어려울 터였다.

'이건…평생을 안고 가야겠지.'

완벽히 지워내는 건 무리라고 여겼다. 그의 삶 전반에 걸쳐서 쌓아왔던 공부인 까닭에, 이만큼이나마 지워냈다는 것에 안도하고 또 감사해야 할 것이다.

그런 의미에서 새삼 '스승'의 존재가 고마웠다.

[헤일러!]

빈민가의 허름한 검술원에서 허연 웃음을 짓고 있을 그의 '첫' 스승을 떠올렸다.

설마, 황혼에 물든 이 늦은 나이에 스승을 얻게 될 줄이야.

"큭…"

생각만 해도 우습고 또 황당했다. 하지만 전혀 불쾌하지 않았다. 오히려 기쁜 마음에 조금 전까지 마음을 울적하게 만들던 풍경이 조금이나마 정겹게 보였다.

[레아-발람!]

그곳의 옛 의미를 되새겼다.

'별의 바다…'

하지만 읽는 방법에 따라서 변하는 또 다른 의미가 숨어 있었다.

"…별의 무덤!"

그야말로 철저하게 빛과 어둠이 공존하는 장소였다. 거기까지 생각하던 그가 짧게 실소했다.

"무덤이 내 집이라…"

생각해보면 그를 휘두르던 유령왕 역시도 무덤에서 사는 존재가 아니던가.

'왕의 무덤!'

언젠가 한 번 찾아가 봐야 할 장소였다. 과거와 달리 꼭두 각시가 아닌 사이람 아드레안이라는 이름으로 찾을 것이다.

그렇게 각오하며 레아-발람에 발을 들였고, 한참을 기다 렸을 '손님'을 향해 찾아갔다.

어느 누구에게도 그의 복귀를 알리지 않았다. 그저 조용 히 유령처럼 모든 경비를 뚫고 그렇게 아드레안을 헤집고 치료실로 걸음을 옮겼다.

그리고 목적지에 다다랐을 때, 크게 경악해야만 했다. 상대의 존재감과 그 안에 숨겨진 '힘'을 느낀 까닭이었 다.

'과연… 이런, 의미였나?'

헤일러가 했던 이야기가 떠올랐다.

[쉽지 않을 걸.]

별빛의 너머에 오른 그를 향해서 쉽지 않다고 표현하기 에 어리둥절했었건만, 지금 이 순간 그의 말뜻을 납득해야 만 했다.

'나와 같았군. 아니, 나보다 위…인가?'

인정하기 싫지만 상대는 그와 마찬가지로 별빛 너머에 오른 존재였고, 거기에 더해 그보다 반걸음 이상을 앞서가 는 것이 느껴졌다.

버서커의 혜택을 내려놓으며 괴력을 잃은 그의 상태를 생각해 본다면, 거기서 반걸음을 더해 한 걸음 까지도 차이 가 날거라고 여겼다.

'…하!'

웃음이 터질 것 같았다. 그도 그렇게 이 같은 강자에게 자격을 시험하느니 뭐니 하면서 웃기지도 않는 도발을 했던 걸 떠올린 까닭이었다.

'이거야 원….'

민망함에 슬쩍 발을 빼고 싶다는 생각도 들었지만, 쓴웃음 한번으로 이 같은 감정을 털어내며 문턱을 넘었다.

잠시 후,

세상이 주목하던 대결이 소리 없이 그 시작을 알렸다.

❖ ✛ ❖

별들의 전쟁이라고 불리는 초월자들의 대결은 언제나 많은 이들의 이목을 집중시킨다.

어찌 보면 당연한 일이었다.

초월자 개개인이 각자 일인군단의 능력을 지니고 있는 만큼, 그들 대결의 승부는 작게는 개인의 영광에서 크게는 각국의 전력적인 부분까지 영향을 끼치는 까닭이었다.

이 같은 이유로 어느 순간부터는 초월자들 사이의 대결은 금지되다시피 했었다.

주목도로 인한 부담감도 컸지만, 자칫 그들의 대결의 결과를 통해서 전쟁의 발발까지도 염두에 둬야하는 까닭이었다.

시선의 집중 이상으로 감당하기 어려운 피의 무게가 그들의 발목을 붙잡은 것이다.

그런 의미에서 이들 두 사람은 특별했다.

기사왕 사이람 아드레안!

용병왕 에던 운트!

그들 두 사람은 일반적인 초월자들과 달리, 각자가 왕국에 속하지 않은 '개인'적인 존재들이었다.

물론, 기사왕의 경우에는 레아-발람과 아드레안이라는 남다른 장소를 지켜야 할 의무가 있기는 하나, 그래도 왕국에 속한 초월자들에 비한다면야 그 자유도가 상당히 높은 편이었다.

용병왕은 더더욱 얽매인 것이 없었다.

별빛을 품어 '왕'이라고 불린다지만, 어디까지나 그 본질은 '용병'이었고, 그런 만큼 자유의지는 기사왕을 한참 웃돌고 있었다.

각자 차이가 있기는 하나, 어찌 되었건 그 둘은 여타의 초월자들에 비해 좀 더 순수하게 승부를 가릴 수 있다는 건 분명했다.

그런 의미에서 더더욱 대륙의 주목을 받는 것일지도 몰랐다.

워낙에 드문 초월자들의 격돌이기 때문이었다.

[별들의 대전!]

이미 그런 식으로 이야기를 만들며, 은연중에 그들 두

사람의 승부를 놓고 도박을 벌이는 현상마저 있을 정도였으니, 그들 두 사람에게 쏟아지는 관심을 충분히 짐작할 수 있었다.

하지만 안타깝게도 그들 두 사람의 승부는 아무도 모르는 곳에서 그 어떤 이목의 집중도 없이, 단 둘이서 조촐하게 무대를 개최하고 있었다.

"이 정도면 괜찮겠지?"

사이람은 그리 말하며 에던을 바라봤다. 에던 역시도 동의한다는 듯 고개를 끄덕이며 주변을 스윽 훑었다.

그들 두 사람은 서로의 승부를 세간에 알릴 생각이 없었다. 때문에 아드레안을 나와, 이렇게 먼 장소까지 걸음을 한 것이다.

주변에는 사람의 그림자도 비치지 않았다. 깊은 산중이니 만큼 힘을 쓰는데 거리낄 이유도 없어 보였다.

별의 영역을 넘어선 두 사람이 의도적으로 기척을 감추며 이동한 까닭인지, 그들의 흔적을 쫓아올만한 사람도 없었다. 애초에 거리 자체도 만만치가 않았다.

맘 놓고 판을 벌여도 문제되지 않을 장소인 것이다.

특히, 유난스레 너른 공터는 말 그대로 '무대' 라는 말에 제법 잘 어울렸다.

수풀이 짓눌리다 못해 짓이겨져, 아예 흙더미를 드러낸 바닥, 그리고 평평한 기울기까지, 의도적으로 만들어진 것 같은 공간이었는데, 사이람의 거침없는 이동을 떠올려 봤을 때, 아마도 그의 비밀 수련장소 같은 곳이라고 여겨졌다.

사실, 이곳에 출발하기 전까지만 해도 에딘의 경우에는 사이람과의 승부를 굳이 숨길 생각이 없었다.

비록 상대가 별빛 너머에 이르렀다고는 하나, 충분히 할 만 하다고 여긴 까닭이었다.

아드레안을 비롯하여 칠성좌 그리고 암전까지, 그들을 통째로 흔들기 위해서라도, 이 승부는 일정부분 알려져야 한다는 게 그의 생각이었다.

하지만 뜻밖의 이름이 언급되는 순간, 생각을 고쳐먹어야만 했다.

[과연, 헤일러 스승님께서 긴장하라고 한 이유가 있었군.]

생각지도 못한 단어의 연속이었다.

특히, 그를 놀라게 했던 건 '스승'이라는 부분이었다. 그 시점에서 에딘의 기세는 이미 한풀 꺾여있었고, 사이람이 이끄는 대로 따르며, 어느새 외부로 이동하게 된 것이다.

주변을 훑어보던 에딘이 툭 던지듯이 물음을 던졌다.

"헤일러 영감님과는 어떤 관계입니까?"

앞서 언급했음에도 굳이 이처럼 묻는 건, 좀 더 확실히 하기 위함이었다. 혹여, 착각은 아니었을까 싶은 마음도 조금은 담겨 있었다.

"이번에 연을 맺은 내 '첫' 스승님이지."

'…처음?'

또 한 번 의외의 단어가 나왔다. 하지만 굳이 이 부분을 언급하기 보다는 일단 스승이라는 단어와 '이번' 이라는 단어에 좀 더 집중했다.

"최근에 인연을 맺은 것 같은데…맞습니까?"

그 물음에 사이람은 고개를 끄덕이며, 인연을 맺게 된 이야기들을 하나하나 풀어주었다.

화아아악…

에던의 기세가 일변했다.

그도 그렇게 여동생과 조카들이 위험할 수 있었다는 생각을 하니, 절로 등줄기가 서늘해진 까닭이었다.

이 같은 감정을 숨기고자 더욱 기세를 피워내는 것일지도 몰랐다.

물론, 사이람은 그저 얼굴만 비칠 생각이었다고 설명을 했지만, 그래도 불쾌감이 이는 건 어쩔 수가 없었다.

'휘유….'

밀려드는 저릿저릿한 기세에 사이람이 한 차례 몸서리를 쳤다. 그만큼 에던이 내비치는 기세가 심상치 않았던 것이다.

혹여, 그가 벽을 넘어서지 못했더라면?

'한 걸음?'

기세만으로 압도당한 나머지, 최소 반걸음 정도는 물러

났을지도 모른다는 생각이 들었다.

문득, 떠오르는 얼굴이 두 개 있었다.

유령왕과 헤일러!

'이거야 원….'

그 둘을 제외한다면 더 이상 패배라는 단어를 떠올릴 일은 없을 거라 여겼건만, 설마하니 거기에 또 한 명 추가해야 할 모양이었다.

'그것도 이렇게 젊은 친구에게 이런 느낌을 받게 될 줄이야.'

입맛이 썼다.

'…이번에도 도전자 역할인가.'

허나 헤일러와의 시간들 덕분에 도전자의 위치가 어색하지만은 않았다.

"자자! 진정하게나. 밤은 길어. 벌써부터 판을 벌릴 필요는 없잖아. 진정하고 이야기나 좀 더 나눠보세."

가문과는 제법 거리를 두고 있다고는 하나, 그들 정도의 실력자들이 격돌한다면, 결국 가문에서도 알게 될 확률이 높았다.

'유령왕에게 받은 마도구라면… 충분히 이곳까지도 찾아낼 수 있겠지.'

그런 이유로 무대가 열리기 전에 최대한 많은 대화를 나눠놓는 게 좋았다.

사이람은 황급히 화젯거리를 하나 꺼내들었다.

"자네 목표는 칠성좌인가?"

에던의 기세가 살짝 흔들렸다. 먹혔다는 생각에 사이람의 입 꼬리가 슬며시 올라갔다.

"그렇다면 자네가 아드레안에서 목표로 해야 할 건, 트로간 기사단이네."

제대로 통했던 모양인지, 에던의 기세가 한 순간 줄어들더니 그대로 갈무리되었다.

의문 가득한 에던의 눈빛에 사이람이 이를 드러내며 웃었다. 그가 생각하는 바를 짐작한 까닭이었다.

"드레이안에서 지내 봤다면 알고 있겠군. 그래. 트로간은 분명 내가 지켜야 할 가문이지."

그곳의 가장 높은 곳에 서 있는 게 바로 사이람이지 않던가.

아드레안의 정점이기 이전에 트로간의 대표자인 것이다. 때문에 감춰야 할 비밀을 오히려 밝히는 사이람이 이해하기가 어려웠다.

그러나 아직 이야기는 끝난 게 아니었고, 진짜는 지금부터였다.

"하지만… 트로간은 내가 무너트려야 할 곳이기도 하다네."

실로 뜻밖의 이야기였다.

"이상하게 들리나 보군."

그의 물음에 에던이 저도 모르게 고개를 끄덕여버렸다.

그 어벙벙한 모습에 사이람이 한 차례 웃어보이고는 재차 이야기를 꺼내들었다.

"오해하지는 말아줬으면 좋겠군. 난 트로간을 박살내려는 게 아니야. 잘 못 지어진 집을 초석부터 다시 쌓고자 하는 것이지."

비록 꼭두각시로 살아왔다고 하나, 가문을 향한 그의 애정마저도 거짓되었다 말하고 싶지는 않았다.

어쩌면 이는 그의 마지막 자존심일지도 몰랐다. 때문에 그는 가문을 뿌리 깊숙한 곳에서부터 철저히 갈아엎을 생각이었다.

그런 의미에서 에던이 벌린 판은 영업을 중단시키는 게 우선이었다.

자칫하다가는 트로간 자체가 박살나 버릴 수 있는 까닭이었다. 이를 위해서라도 제대로 된 미끼를 하나 던져줘야 했다.

"트로간과 칠성좌 그리고 암전까지. 자네는 이 모든 세력의 실질적인 배후가 따로 존재한다면 믿겠나?"

확실히 결정타였던 모양인지, 에던의 동공이 전에 없이 크게 확장되는 게 보였다.

"그는 트로간의 시작점이라고 할 수 있는 존재지."

시작점이라는 단어가 묘하게 귀에 남았다. 사이람이 한 호흡 여유를 둔 뒤, 이 부분에 대해 상세한 설명을 시작했다.

"간단히 이야기하자면… 내 선조라고 하면 될 거야."

이야기는 그렇게 새로운 국면으로 접어들고 있었다.

2. 복귀.

2. 복귀.

　세상에는 다양한 마도구들이 존재한다.

　어둔 밤길을 밝혀주거나 간단하게 온도를 조절해주는 등, 일상적인 마도구부터 시작해서, 거대한 불길을 일으키거나 바람을 화살처럼 쏘아 보내고 얼음 기둥을 세우는 등, 전장에서 주로 활용되는 마도구까지, 실로 다양한 마도구들을 찾아볼 수 있었다.

　물론, 마도구라는 단어가 쓰이는 만큼, 아무리 사소하고 또 일상적인 것들일지라도, 그 가격은 결코 가볍지가 않았다.

　제작에 사용된 재료나 사용목적 등에 따라서는 상상을 초월하는 금액까지도 올라가고는 했다.

그 중에서도 유독 가격이 특별한 마도구가 있었다.

[마력측정기!]

이는 갑작스레 발생하는 마나의 유동을 즉각 읽어내고 알림으로써, 혹여 있을지 모르는 마법사들의 습격에 대비하기 위해 만들어진 마도구였다.

시간이 흐름에 따라 다양한 발전을 하기에 이르고, 그 범위가 늘어 '마나' 뿐만 아니라 '오러'의 영역까지도 침범하기에 이르렀다.

초월자 혹은 그에 준하는 이들이 일으키는 거센 파동에 민감하게 반응하는 것으로써, 암전에서 주로 사용하는 측정구가 여기에 해당됐다.

물론, 이 같은 측정구는 가격에 비해, 그 효율성이 굉장히 떨어지는데, 직접적으로 힘을 드러내야 측정을 할 수 있다는 단점 때문이었다.

마법사들이 일으키는 대마법으로 인한 습격에 대비할 수는 있겠으나, 일반적인 기사들의 습격까지는 감당할 수 없다는 것이다. 기본적으로 '힘을 개방'한다는 전재조건이 붙는 까닭이었다.

그럼에도 불구하고 꾸준히 개발이 이어지고 있었고, 일단 '마법 습격'에 한해서는 경고를 알릴 수 있다는 것, 그게 최초의 목적이었던 만큼, 측정기에 '실패'라는 단어를 붙이는 건 옳지 않다는 게 대부분의 평가였다.

확실히 가격대비 효율성이나 활용도가 많이 미흡한 감이

있었지만, 대다수의 왕국이나 고위 귀족가들은 습격에 대비하기 위해서라도 이 비싼 마도구를 설치하는데 주저하지 않았다. 당연하게도 이를 관리하기 위한 마법사들 역시도 함께하는 게 기본이었다.

앞서 언급했듯이 대마법에 대한 1차적인 방비는 확실하기 때문이었다.

그리고 이 같은 이유로 인해 아드레안 역시도 마력측정기를 보유하고 있었고, 이를 관리하는 마법사들 역시 대기 중이었다.

삐이이익…

일순, 측정기가 경고음을 터트리면서 지키고 있던 마법사의 시선을 잡아끌었다.

"끄응… 또냐?"

근래 들어서 유난스러울 정도로 측정기가 울리는 일이 잦아졌다.

이유인 즉, 드레이안에 등장한 초월자들 때문이었다.

[루드말과 에덴!]

각지 동 대륙과 용병계를 대표하는 찬란한 별빛이니 만큼, 그들이 연무 중에 일으키는 기운에 측정기가 반응을 하는 것이다.

애초에 이곳 아드레안에서 측정기의 역할은 마법적인 습격에 대비하는 것이 아닌, 드레이안에서 발생할 변수를 견제하기 위함이 더 컸다.

특히, 측정기가 경고음을 터트릴 정도라면, 대개 누군가 벽에 한 걸음 다가가는 각성의 순간과 맞닿아 있는 경우가 많은 까닭에, 이 측정기의 울음을 통해서 가문으로 끌어들일 기사의 분류도 가능했다.

물론, 드레이안 내부에서 이뤄지는 승부의 결과 역시 중요하지만, 측정기가 알리는 신호음도 무시할 수 없는 부분이었다.

하지만 그 같은 경우가 흔한 건 아니었고, 그런 이유로 이곳 아드레안의 측정기 관리관이라는 건 여러모로 여유가 넘치는 직업이기도 했다.

때문에 마법사들은 루드말과 에던의 존재가 달갑지가 않았다. 그들 덕분에 여유 및 여가시간이 확 줄어버렸으니, 아무리 생각해보 좋게 보기는 어려울 터였다.

갑작스런 경고음이었지만, 요 며칠 적응이 된 까닭인지 마법사는 느긋하니 다가가 측정기의 경고음을 잡고, 그 마력의 농도를 살폈다.

측정기의 색이 붉게 변함에 따라 마력량이나 오러 파동의 깊이를 알아낼 수 있었다.

"음…?"

문득, 측정기를 살피던 마법사의 손끝에 옅은 떨림이 일었다.

마치 핏빛으로 물든 것 마냥, 측정기가 시뻘겋게 물들어 있음을 확인한 까닭이었다. 예상치를 웃돌고 있었다.

'이건…?'

자리에서 벌떡 일어난 그가 다급히 한편에 세워져 있는 비상종을 흔들었다.

이른 새벽,

때 아닌 비상 속에서 아드레안이 깨어나고 있었다.

※ ✢ ※

갑작스런 비상령이었으나 잘 단련된 아드레안의 기사들은 일사분란하게 움직이며, 이른 새벽부터 각자의 자리로 찾아들었다.

이는 평기사는 물론이고 선임 및 고위기사들도 다를 것 없었으며, 상부의 지휘하는 이들 역시도 지켜야 할 부분이었다.

트로간의 부단장인 세인 역시도 누구보다 빠르게 자신의 자리로 찾아들었고, 덕분에 가장 먼저 상황보고를 들을 수 있었다.

"초월자들의 충돌이라…."

가문의 마법사가 전해온 소식이 놀라웠다.

대기 중이던 마법사는 측정기와 연동된 경고음이 울릴 때에는 또 드레이안에서 루드말이 검을 들었다고 여겼었다.

하지만 그 측정기의 색깔변화가 너무 극단적이었음에,

문제가 발생했음을 알았고, 이처럼 비상종을 흔든 것이었다.

마법사들도 바삐 모아서 측정기에 전해진 파동의 세부내용을 해석하는 중이었다.

측정기 자체가 워낙 높은 수준의 마도공부가 담겨있는 까닭에, 단편적인 부분까지는 마법사 한 둘로 해석이 가능하지만, 깊은 부분까지 파악하고자 한다면, 많은 수의 마법사들이 동시에 공식을 풀어야만 했다.

물론, 혼자서도 가능한 부분이었지만, 그렇게 되면 시간의 소모가 클 수밖에 없었고, 그런 이유로 지금과 같은 비상 상황에는 단체로 움직일 수밖에 없었다.

머릿수로 밀어붙인 효과가 나온 것인지, 오래지 않아 마법사들의 보고가 날아들었다.

"동쪽… 범위는 레아-발람의 외곽?"

실질적으로 사람들이 살아가는 아드레안의 영역은 얼마 안 되지만, 사람들이 인정하고 주변 국가가 납득하는 레아-발람이라는 영역 전체를 상기해 봤을 때, 상당한 거리라 할 수 있었다.

비록 아드레안과는 거리가 있는 외곽이라고는 하나, 어쨌든 그들의 영역이라 할 수 있는 장소에서 상황이 발생했음에, 일단 움직여야 한다는 결정을 내렸다.

이제 남은 건, 다른 가문 타 기사단의 단장들과 이야기를 나눈 뒤, 의견을 모으는 일 뿐이었다.

상황이 급박하니 만큼, 오랜 시간이 걸리지는 않을 터였다.

물론, 그 이전에 1차적으로 수색대를 내보내서 최소한의 방비를 갖춰놓는 걸 잊지는 않았다.

이 부분은 각 기사단의 의견이 모이기 이전에, 의무적으로 해야 할 행동이기도 했다.

작은 부분 하나하나까지 세심한 대처를 통해 방비하는 것, 그것이야말로 아드레안이 수백년의 세월을 홀로 버텨올 수 있던 원동력이었다.

"그나저나… 갑자기 또 초월자라니."

특히, 마법사의 이야기가 왠지 걸렸다.

[최소 초월자급의 격돌입니다!]

대개는 '최대' 초월자급의 격돌이라는 식으로 이야기가 전달되건만, 이번만큼은 그 내용에 작은 변화가 심어진 것이다.

실수였을까?

'그건… 아니겠지.'

고개를 저으며 이 부분을 재차 머릿속으로 굴려봤다. 그러다 문득 떠오르는 얼굴이 있었다.

'최소… 초월자?'

그 같은 존재가 가까이에 한 명 자리하고 있지 않던가.

짐작하길 별빛 너머에 올랐다고 여겨지는 존재!

'에던 운트!'

다급히 자리에서 일어난 세인이 바깥을 향해 외쳤다.

"지금 당장 치료실을 확인해라!"

만약에 그의 가정이 틀린 게 아니라면, 격돌의 주인공들 역시도 예상할 수 있을 것 같았다.

별빛 너머의 존재와 격돌을 할 만한 존재가 흔할 리가 없었다.

'형님….'

일단은 치료실의 확인이 먼저였다.

❀ ✛ ❀

별빛이라는 건 대개 하늘 위에서 찾아볼 수 있는 것이다. 분명 그래야만 했다.

하지만 지금 이 순간, 별빛은 땅에 내려와 있었고, 하늘에 박혀진 모든 별빛을 그러모은 것 마냥, 찬란하게 빛을 발하고 있었다.

일순 시선을 뺏고 정신마저 앗아갈 것 같은 그런 찬란함이었지만, 거기에 넋을 놓아서는 안 된다.

서걱…

별빛이 지나는 길은 오로지 죽음의 궤적만이 가득 차 있는 까닭이었다.

'휘유….'

에던은 그의 발끝을 스쳐간 검광을 바라보며 작게 감탄

사를 내뱉었다. 섬광이 지나간 궤적을 따라 허공이, 어둠이 갈라지는 걸 본 까닭이었다.

그리고 궤적은 그의 발끝에서만 끝난 게 아니라, 그 너머로 쭈욱 뻗어나가 대기를 가르며 저 뒤편의 수풀을 일거에 베어 넘기고 있었다.

짧지 않은 대화의 끝에서, 약속이나 한 듯 서로가 동시에 검을 뽑았고, 그렇게 기다렸다는 듯 시작된 대결이었다.

시작은 아주 가벼운 손짓과 검의 춤사위로 시작되었다.

허나, 그 가벼운 손짓에 대기가 터져나가고 스쳐가는 검 끝에 허공이 갈라진다.

별 것 아닌 행동에도 의미가 새겨지고, 동작들 하나하나에 진한 의지가 뿜어 나오고 있었다.

각자 용병과 기사라는 세상을 가장 깊숙한 부분까지 살아왔고 또 헤쳐 온 만큼, 그들이 검을 나누는 방식에는 차이가 있었다.

하지만 둘 다 별빛 너머에 오른 존재들이니 만큼, 차이는 있을지언정 깊이는 다르지 않았다.

장난스런 손짓과 발짓 칼질에 삶의 그림자 하나가 사그라지는 건 일도 아닌 것이다.

슬쩍 허공에 몸을 띄워 검격을 피했던 에던이 그 불안정한 자세 그대로 신체의 반동만을 이용해 검을 뻗었다.

무너진 자세에서 나온 검격이었지만 사이람은 마치 맹수가 덮쳐오는 것 같은 환상을 봐야만 했다.

"헙!"

신음성 섞인 기합성을 내지르며 몸을 튕겨 자리를 피하자, 마치 기다렸다는 듯 땅바닥이 거세게 긁혀나가며 그 깊은 속살을 드러냈다.

파파파팍…

얼핏 불안한 자세로 인해 부족한 검격이라 여겼으나, 그 안에 담긴 힘은 충분히 압도적이었다.

직접적으로 검이 닿지 않아도, 그 궤적이 일으키는 바람만으로 무대는 크게 파헤쳐져가고 있었고, 이미 더 이상 처음의 모습은 남아있질 않았다.

서로 피해를 입은 건 아니었으나, 점차적으로 둘 사이의 얼굴 표정에서 승패의 구도가 잡혀가고 있었다.

'미치겠군!'

땀방울 맺힌 얼굴로 사이람이 이를 악물었다. 에던 역시도 얼굴 위로 굵직한 땀방울을 흘려보내고 있었지만, 표정에 한 점 여유가 남아있었다.

하지만 사이람은 아니었다.

별빛 너머에 올랐다고는 하나, 이제 막 그 경지에 이른 것이고, 거기에 더해 '괴력'을 잃어버린 까닭에, 육체적인 미묘한 괴리감이 남아있기도 했다.

날을 잡고서 심도 있는 수련을 한다면 모르겠으나, 바삐 달려오느라 감각조절을 완벽히 마무리 짓지 못한 상태였다.

헤일러와의 마지막 대련과 경지에 이른 감각 덕분에 그 같은 부분을 일부 메울 수 있었지만, 안타깝게도 완벽하진 못했다.

만약, 상대가 별빛 수준이었다면 문제 될 건 없었겠으나, 하필이면 그와 같은 영역에 오른 존재였다.

더군다나 최소 반걸음은 앞서가는 것으로 보이는 실력자이기도 했다.

육체적 피해가 없을 뿐이지, 정신적으로 누적되는 피로감은 전에 없이 빠르게 쌓여가고 있었다.

뿐만 아니라 상대의 전투법도 쉽지 않았다.

미세한 눈짓, 동공의 움직임, 표정의 변화까지, 다양한 방식으로 전투 중간중간 속임수를 걸어온다.

별빛 너머에 오르며 발달된 감각 때문일까? 자그마한 변화에도 민감한 반응을 하고야 마는데, 상대는 이를 잘 이용해가며 공격 사이사이 속임수를 끼워 넣고 있었다.

왼쪽을 공격할 듯 보이면서 오른쪽에서 검격이 나오고, 거기에 집중하게 만든 뒤 발차기를 뻗어온다.

살펴보고 나면 이 모두가 가짜였고, 진실한 공격이라고는 하나도 없었다. 견제만 쉴 틈 없이 날려댄 것이지만, 그들이 지닌 괴력이라면 가벼운 꿀밤으로도 골이 빠개질 수 있는 만큼, 마냥 흘려 넘기기도 어려웠다.

하지만 사이람을 괴롭히는 결정적인 요소는 따로 있었다.

"카아아악…."

일순, 귀에 거슬리는 소리가 들려왔다. 마침 거리가 좁혀지고 근접적의 간격에 잡혔다고 여길 무렵, 에던의 입이 묘한 율동을 일으키는 게 보였다.

"빌어먹을!"

욕지거리가 절로 나오고 욕지기가 치솟았다.

"캬악, 퉤!"

한밤중임에도 불구하고 그 누런빛의 선명한 액체덩이가 얼굴을 향해 발사되는 게 보였다.

그와 동시에 권격이 뻗어오는 것도 느껴졌다. 주먹에 집중해야겠으나, 벽을 넘으며 날이 선 감각은 저 누런 덩어리를 너무도 선명하게 인식시켰다.

'아오… 젠장!'

별빛 너머에 오르며 비슷한 깊이를 지닌 그들이지만, 전장을 살아가는 방식이 달라도 너무 달랐다.

워낙에 절묘한 까닭에, 둘 중 하나는 피할 수가 없었다.

당연하게도 권격을 피해는 게 우선이건만, 왜 자꾸 시선은 저 노란 덩어리를 놓치지 않는 단 말인가.

진정 환장할 부분은 저 노란 덩어리도 제법 매서운 속도로 날아들고 있다는 점이었다.

맞으면 아플 것 같다고나 할까?

'젠장! 더럽게 아프겠네.'

그 의미 그대로 해석하면 될 부분이었다.

❖ ✢ ❖

오랜 시간 밑바닥을 살아오며 느낀 게 하나 있었다.

'결국, 끼리끼리 논다는 거지.'

어디선가 용병과 기사가 한 판 붙었다는 소문이 들릴 때, 일단 드는 생각은 과연 그 용병이 어디까지 떨어져 봤는가였다.

많은 용병들이 바닥을 경험한다.

정상에 오른 용병들 중에서도 그 같은 시기를 거친 이들이 적지 않았다.

하지만 진정 밑바닥 깊은 곳, 진창에 흠뻑 몸을 적시며 그 지저분한 거름덩이 속을 헤엄쳐 본 이들은 극히 소수였다.

기사들과 한 판 벌일 정도의 용병?

'결국… 재능이지!'

그만한 능력이 있는 이들만이 그런 소문에 휩싸일 수 있었다.

개중 몇몇은 조금 특별한 조건을 갖추고 있기도 했다. 괜찮은 연공법이나 좋은 스승 또는 뛰어난 길드의 지원 같은

것으로써, 대개 이들의 공통점은 바닥에 발을 딛기가 무섭
게 높은 곳으로 훌쩍 뛰어오른다는 점이었다.

때문에 기사들이 겨뤄봤다고 하는 용병들이란, 보통 업
계 내에서도 나름 '엘리트'라고 할 수 있을 법한 이들이 상
당수였고, 대개 그런 이들의 경우에는 진정한 밑바닥의 생
존법에 통달한 이들은 찾아보기가 어려웠다.

간간히 바닥에서부터 기어 올라오는 이들도 있었지만,
그들의 경우는 그 수가 많지 않으니, 일단 예외로 쳐도 될
수준이었다.

그런 이유로 대결 속에 철저한 밑바닥의 철학을 끼워 넣
었다.

'더럽고 치사해도 이기는 게 중요하지!'

방법이야 어찌 되었건 일단 살아남는 게 최우선인 바닥
의 전투법 혹은 생존법을 앞세웠다.

과연, 당혹감을 드러내는 모습에, 아드리안의 주인이라
불리는 사이람 역시도 용병계의 가장 낮은 곳까지는 감상
하지 못했음을 알 수 있었다.

일단 더러운 수작질을 아낌없이 퍼부었다.

"카아아악… 퉤!"

침을 뱉고 흙을 차올리며 바닥을 구르는 등, 그야말로 기
상천외한 움직임과 행동들을 보여줬다.

정당한 방식으로 승부를 내도 충분한 자신감이 있었지
만, 그는 철저하게 정면승부를 피한 채, 바닥의 전투법을

고집했다.

'먼저 시비 튼 건 저쪽이니까!'

상대는 '기사의 왕'을 앞세우며 '용병의 왕'을 시험하고자 했다. 때문에 철저하게 혹은 처절하게 그가 살아왔던 '용병의 삶'을 무대 위로 꺼내든 것이다.

그 내용물은 실로 다양했다.

언제나 그의 상대는 윗줄의 실력자들이었고, 때문에 강자를 상대로 하는 전투 및 생존법을 몸에 새기듯 익혀왔다.

누구 하나 그보다 밑이 없던 세상에서 살아남았기에, 그 무수히 많은 강자들의 숫자만큼 많은 대처법들이 몸에 배어있었다.

특히, 그 중에서도 유용하게 쓰이는 건 바로 '수 싸움'이었다.

나름의 실력자라 자부하는 이들일수록, 남다른 눈썰미와 감각 그리고 예측 능력으로 상대의 행동이나 반응속도 그리고 움직임의 동선을 읽어나가며, 전장의 흐름을 지배하는 걸 즐겨했다.

안타깝게도 육체적 능력이 부족했던 에던은 그런 고난도의 수 싸움을 하기에는 어려움이 있었다.

물론, 어느 순간을 기점으로 예측 능력이 비상하게 발달하면서, 그 같은 부분이 오히려 장점으로 변하기도 했는데, 어쨌든 그런 상황에서 살아남기 위해서 에던이 익혀낸 게 바로 '속임수'였다.

손짓 그리고 발짓 때로는 근육의 미세한 움직임까지, 상대의 실력이 뛰어날수록 작은 움직임만을 가지고서도 속임수를 집어넣을 수 있었다.

상대의 수를 읽지 못하더라도 일단 미끼를 던지고 보는 것이다. 그러다 보면 하나쯤 걸려들고는 했는데, 이 같은 미끼투척과 반응속도를 통해서 수 싸움 역시도 점차적으로 익혀나갈 수 있었다.

상위의 실력자들과 맞붙을 때면, 육체적인 부족함을 이런 남다른 방식의 수 싸움으로 메우는 경우가 적지 않았다.

어느 정도 시간이 흐른 뒤에는 특별한 예측 능력이 생겨나면서, 그 역시도 수 싸움의 묘미에 빠져들기는 했지만, 무의미한 미끼 투척을 통한 속임수 역시도 한때는 그가 즐겨하던 전투방식 중 하나였다.

특히, 부족한 그의 실력에도 불구하고 상급의 실력자들을 농락하는 것 같아서, 여기에 적잖이 빠져들던 때도 있었다.

에던은 바로 그 같은 공부들의 정수를 사이람에게 선보이고 있었다.

'작게… 작게….'

큰 속임수는 필요치 않았다.

'눈짓만으로도 충분하지!'

시선이 맞닿는 순간, 동공의 움직임이 한 번 상대의 수를 어지럽히며 시야를 흔들고, 그 와중에 반대로 반응하는 근육이 또 한 번 감각을 헤집는다.

물론, 아드레안의 주인이라 불리며, 기사들의 왕으로 군림하는 상대가 그 정도에 넘어갈 리는 없었다.

하지만 이렇게 꾸준히 수 싸움에 미세한 비틀림을 새겨넣음으로써, 진실과 거짓을 뒤섞었다는 게 중요했다.

그만큼 상대의 감각이 예리하게 벼려지겠으나, 이마저도 이용해 먹을 수 있다면 문제가 없는 부분이었다.

'지금!'

상대의 반응이 전에 없이 날카롭다는 느낌을 받았을 때, 에던은 손가락을 가볍게 튕겼다. 그 순간 자그마한 덩어리 하나가 암기처럼 쏘아졌고, 이내 그 물체가 사이람의 지척에 다다랐을 때, 에던이 짧게 한마디를 던졌다.

"라이트!"

그 순간 자그마한 빛의 구체가 그들 둘 사이에서 화려한 꽃을 피웠다.

"크읍!"

사이람이 옅은 신음성과 함께 두 눈을 질끈 감았다. 빛이 터진 장소가 절묘하게도 그의 시야 바로 앞이었던 까닭이었다.

당연하게도 이 역시 에던이 의도한 상황이었다. 작은 속임수들을 여러 겹으로 덧씌워, 가장 작은 속임수를 숨긴 것이다.

'설마, 비겁하다고 하진 않겠지.'

그렇다고 해서 크게 신경 쓸 생각은 없었다. 이 하나의 속임수를 위해서, 그렇게 공을 들여온 것이 아니던가.

두 눈을 질끈 감은 사이람의 모습이 보였다.

'제대로 먹혔네.'

비록 1회성의 싸구려 아티팩트였지만, 야간 전투에서는 이처럼 값어치 이상의 효과를 발휘하기에, 과거에도 심심 찮게 사용하던 전법이었다.

사실, 밤이 깊었다고는 하나 주변이 어두운 건 아니었다. 사이람의 검 위로 피어난 별빛이 어둠을 가르고 있는 까닭이었다.

하지만 그렇다고 해서 대낮처럼 환한 건 아니었다. 찬란한 별빛이라고 표현을 하나, 그 실상은 은은한 달빛에 더 가까웠고, 지척간의 시야만을 밝히는 정도였다.

어중간하다는 표현이 딱 어울리는 것이다.

그런 이유로 인해 시각적인 부분이 더욱 예민해진 상태였고, 갑작스런 밝은 불빛은 시야를 지워버리기에 충분한 위력을 담고 있었다.

에던의 꾸준한 속임수들 역시도 시각적인 예민함을 키웠으리라.

거기서부터 승부는 급속도로 변환점을 맞이했다.

그렇지 않아도 아슬아슬하게 승부의 균형을 맞춰가던 사이람이었으나, 갑작스런 감각의 손실은 미세하게나마 틈을 만들어 내기에 충분했다.

물론, 그 정도 되는 실력자라면 시야 외적인 감각만으로도 충분히 상황에 대처할 수 있을 것이나, 에던의 속임수는 아직 끝난 게 아니었다.

오싹!

사이람은 문득 등골이 오싹해지는 느낌을 받았다. 기사로써 잘 벼려진 감각 이전에 남성으로써의 본능을 위협당하는 느낌이랄까?

아래에서부터 올라오는 날카로운 일격을 느낀 것이다. 목적지는 정확히 남 '성' 의 자존심이었다.

'헛, 흡!'

저도 모르게 사타구니를 움츠렸다.

그 순간 밑에서부터 올라오던 발길질이 묘한 궤적을 그리며 동선을 옮겨가는 것이 감각권에 잡혔다. 그대로 얼굴로 치고 들어오는 서늘함에 바삐 허리를 접으며 몸을 뒤로 꺾는데, 그 순간 안면으로 들이치는 따가운 공격들이 있었다.

에던이 발끝에 모아두고 있던 흙더미를 마지막 순간 끊어 치며 뿌린 것이다.

남다른 감각으로 그의 연격은 피해낼 수 있겠지만, 이 같은 변수까지 완벽히 통제한다는 건, 쉬운 일이 아니었다.

특히, 지금처럼 당황스런 상황 속에서는 더더욱 어려울

수밖에 없었다.

'시야를 차단했으니 감각을 교란시켜야겠지.'

일단 사타구니 사이처럼, 본능에 우선하는 요소들을 자극하고, 거기에 더해 가벼운 흙장난처럼 예상하기 어려운 속임수들도 틈틈이 끼워 넣으며, 감각을 끊임없이 두드리며 생각을 어지럽히는 것이다.

'전문적으로 훈련을 받거나 수련하지 않고서는, 감각만으로 통제할 수 있는 영역에는 한계가 있는 법이지.'

용병들 중에는 워낙 다양한 이들이 여럿 있었는데, 개중에는 간혹 감각적인 부분에 유난히 의존하는 이들도 더러 있었다.

대개 그 같은 이들 대부분이 암살자 계열에 한 발씩은 걸치고 있던 경우가 많았는데, 그들은 어둠을 살아가는 만큼, 더더욱 감각을 예민하게 키우는 훈련을 받는다고 했다.

그 같은 전문적인 훈련을 받은 이들도 결국에는 완벽하기가 어렵다고 들었다. 하물며 그 같은 과정을 거치지 않은 이들이야 더 말할 것이 있겠는가.

별의 영역부터는 그 같은 전문적인 훈련을 생략시킬 정도의 남다른 감각의 발달이 이어지기는 하나, 이를 장기적으로 이어갈 수 있느냐고 묻는다면, 그건 또 아니었다.

초인에 초월자라 부르며 높여주고 있으나, 그들도 사람이고 결국 완벽하기란 어려울 수밖에 없는 까닭이었다.

에던이 아는 한, 이 분야에서 경지를 이뤘다고 할 만한 존재는 딱 둘 뿐이라고 여겼다.

셰릴 그리고 체넨!

각자가 밤의 여왕이라 불리고 또 불렸던 여인들이니 만큼, 어둠을 살아가는 방법을 잘 알고 있는 것이다.

순수하게 감각 자체만으로 놓고 본다면, 각자의 위치보다 적어도 반걸음 이상은 내딛고 있는 게 그녀들이었다.

그 정도가 아니면서 어설피 감각에 모든 걸 맡긴 여파는 최악의 결과로써 사이람에게로 되돌아갔다.

빠악!

호쾌한 타격성과 함께 결국 한 차례 에던의 공격이 목표물에 정확히 내리꽂혔고, 이를 시작으로 두 번째와 세 번째, 그리고 연격이 쉴 새 없이 사이람을 괴롭히기 시작했다.

승부가 결정되는 순간이기도 했다.

※ ✢ ※

일찌감치 잠에서 일어났고, 아직 어둠이 짙은 새벽 공기를 가르며 멀찍이 움직여야만 했다.

'에던…'

저 멀리서부터 밀려드는 파동이 그로 하여금 움직이게 한 것이다.

루드말의 눈이 빛났다. 대륙의 초인들 중에서도 손에 꼽히는 실력자로 알려져 있는 그로 하여금 이토록 몸서리를 치게 만드는 파동이라니.

잠을 설칠 수밖에 없는 짜릿함이 그 안에 가득 담겨있었다.

'설마….'

짐작되는 바가 있던 까닭에, 조용히 자리에서 일어나 은밀하게 이동을 시작했다.

그렇게 드레이안을 빠져나와 레아-발람의 중심지에서부터 멀어졌다.

짧지 않은 거리였으나, 별의 영역에 오른 그가 전력으로 달리는 것에만 집중을 하자, 생각보다 금세 목적지까지 다다를 수 있었다.

그리고 이내 볼 수 있었다.

[에던 그리고 사이람!]

목적지에서는 진정으로 초월적인 영역에 발을 내딛은 두 절대자들의 대결이 한창이었다.

'괴물들이군.'

이미 에던이 벽을 넘어선 건 알고 있었다. 하지만 설마하니 사이람마저도 별빛 너머에 올라섰을 줄이야.

에던과 대등하게 겨루는 그의 모습에서 충분히 짐작되는 바였다.

'…쯧!'

체넨을 두고 한 때나마 다퉜던 사이라서 그럴까? 뜨거운 투쟁심이 가슴 깊숙한 곳에서부터 부글부글 끓어올랐다.

'별빛 너머.'

그곳을 향한 도전정신이 전에 없이 들끓는 순간이었다.

'그나저나….'

물론, 그와는 별개로 가슴 한편에 시원해지는 부분도 있었다.

'…참, 더럽게도 싸우는군.'

보는 입장서도 이런 생각이 드는데, 당하는 입장에서는 어떻겠는가. 상대가 사이람이라는 부분에서, 그 지저분한 전투가 역으로 통쾌하게 느껴지고 있었다.

'쌤통이다!'

지켜보다 전염이라도 된 것일까?

"카아아악… 퉤!"

에던을 따라하듯, 그 역시 진득한 액체 한 덩이를 바닥에 투척하고 있었다.

❖ ✛ ❖

각 가문의 대표들은 사건이 발생했던 현장으로 모여들었다.

일찌감치 내보냈던 수색대들의 보고를 통해, 길을 헤매거나 하지는 않았다. 애초에 몇몇은 그 장소가 낯설지 않기도 했다.

'여기는….'

특히, 트로간의 대표로써 자리하고 있는 부단장 세인에게는 더욱 익숙한 장소였다.

'…형님의 비밀 수련장.'

그를 비롯해서 각 가문의 수장들을 포함하여 몇몇 수뇌부들은 가주의 초대를 받아, 이곳에 한 번쯤은 발길을 한 적이 있기도 했다.

때문에 이곳으로 향하던 중간지점부터는 수색대의 인도가 아닌, 그들 각자의 기억력을 따라서 이곳까지 도달할 수 있었다.

그와 동시에 이번 사건의 중심에 누가 있었는지도 짐작 가능했다.

치료실에서 사라진 용병왕!

그리고 기사왕의 수련장!

두 가지 내용이 어우러지자, 너무나도 뻔한 구도가 머릿속에 그려졌다. 그들이 이곳에서 한 판 붙은 것이다.

당연하게도 각 대표자들의 머리가 복잡하게 어그러질 수밖에 없었다.

'어디로 간 거야?'

그도 그렇게 바삐 걸음을 재촉하여 이곳까지 달려왔건만,

사건의 주범들은 보이질 않는 것이 아닌가.

물론, 중간에 서로의 의견교환이 이뤄지는 과정에서 약간의 시간이 소모되기는 했으나, 사안이 사안이었던 만큼 그 시간은 그리 길지 않았다.

수색대의 보고가 날아들 즈음에는 이미 검가의 문을 박차고 나왔을 때였다.

달리는 와중에 보고를 듣고 안내를 받은 것이다.

'크게 늦은 건 아니라고 생각했건만…'

이미 무대는 막을 내렸고, 현장은 폐허가 되어있었다.

'승부는?'

주변을 살피던 단장 및 부단장들의 머릿속으로 공통된 생각이 떠올랐다.

당연하다면 당연한 생각이었다.

이미 장소를 확인하면서, 기사왕과 용병왕의 대결이 펼쳐졌다는 건 의심할 여지가 없어 보였다.

과정도 궁금하지만 일단 결과가 우선이었다.

승리의 영광이 누구에게 돌아갔느냐에 따라서, 그들 아드레안의 움직임도 달라지는 까닭이었다.

굳이 입 밖에 꺼내서 말을 하지 않은 채, 조용히 시선만 교환하는 이유는 이곳에 그들 외에도 일반 기사들이 함께하는 까닭이었다. 이 같은 중대한 사안은 섣불리 꺼내 들어서는 안 되는 내용이었다.

저들의 입이 가볍다는 건 아니었지만, 그래도 비밀은

아는 사람이 적을수록 좋은 법이었다. 저들 나름대로 추리를 하며 진실에 접근할 수도 있겠으나, 거기까지 통제할 생각은 없었다.

'애초에 분위기를 잡아놓으면, 섣부른 추측으로 입을 가볍게 놀릴 일은 없겠지.'

따로 자리를 잡아서 각 가문의 대표들끼리 이야기를 나눌 필요가 있어보였다.

그들이 나누는 눈빛에는 그 같은 의미도 함께 내포하고 있는 것이기도 했다. 한 차례 그렇게 소리 없는 대화를 나눈 그들이 현장의 흔적들을 살펴갔다.

"으음…."

얼마나 살폈을까? 절로 새나오는 신음성이 그들의 감정을 드러내줬다.

'어마어마하군.'

그도 그렇게 현장에 새겨진 흔적들의 깊이가 너무 섬뜩하여, 그저 눈에 담은 것만으로도 시야가 멀 것 같은 아찔함을 느낀 까닭이었다.

어설픈 실력자라면 볼 수 없었을지도 모른다.

아는 만큼 보인다고 그 경지가 남다른 가문의 대표자들은, 이미 개개인이 경계의 너머, 별의 영역에 한 발씩 담그고 있는 실력자들이니 만큼, 현장에 새겨진 흔적의 깊이를 엿보기에 충분한 자격들이 있었다.

감당하기 어려울 정도의 공부가 그 안에 담겨있어, 마치 그들을 무저갱의 깊은 심연 속으로 끌어들이려 들었다.

그 흔적을 살피는 것만으로도 내부의 오러가 일렁일 정도였으니, 더 말해 무엇하랴.

잠시 그 충격의 여파를 털어내느라 심력을 소비하고 있을 즈음, 진정 놀라운 소식이 저 한편에서부터 날아들었다.

[가주께서 복귀하셨습니다!]

무려 가문에서 날아든 소식이었는데, 그들의 출발하고 얼마 지나지 않아, 사이람이 레아−발람에 모습을 드러냈다는 것이다.

세인의 표정이 굳어졌다.

그 흔적을 감춘 상태에서 벌인 이곳에서의 전투부터 시작해서, 갑작스런 복귀 소식까지, 너무나 절묘하다고 해야 할까?

'이건, 마치…'

그들이 가문에서 빠져나오는 걸 기다렸다는 듯, 복귀 시점이 묘하게 뇌리 한편을 자극하는 느낌이었다. 하지만 이내 과한 반응이라며 머리를 흔들며 생각을 털어냈다.

허나 내용은 거기서 끝이 아니었다.

[드레이안에서 술판을 벌리고 계십니다.]

실로 뜬금없다는 생각이 절로 드는 상황의 연계였다. 그리고 결정적인 마무리로 한 인물이 등장했다.

[사라졌던 에던 운트가 가주의 곁에 있습니다.]

각 가문의 대표들이 약속이나 한 듯, 다급히 발길을 돌리며 외쳤다.

"우리도 복귀한다!"

그들도 본능적으로 상황이 이상하게 돌아가는 것 같다는 걸 느낀 것이다.

대표자들은 현장 상황은 따로 관리를 하라 개별적인 명령을 내린 뒤, 바쁘게 왔던 길을 돌아가야만 했다.

저 멀리,

새벽을 밝히는 빛줄기가 밀려들고 있었다.

❖ ✛ ❖

사이람의 최초 계획은 기존 상황을 그대로 이어나가며, 다시 한 번 스스로를 증명하고 그 분위기를 이끌어 상황을 오롯이 휘어잡는 것이었다.

하지만 이는 도착과 함께 깨질 수밖에 없었다. 그도 그럴게 계획의 가장 결정적인 요소가 무엇이던가.

[에던 운트!]

그에게 용병 '왕'의 자격을 물으며 시험을 하는 것이 아니던가. 허나 상대의 실력이 상상이상이었다.

'오히려 역으로 한 수 배워야 할 상대에게 시험이라니.'

얼토당토 않는 이야기였다.

물론, 이 같은 부분을 언급하며 도움을 청할 수도 있겠으나, 상대의 표정이나 가볍게 마주한 성격을 봤을 때, 거짓이라 할지라도 패배를 위장하는 건 허락하지 않을 거라 여겼다.

스스로도 계획을 위해서라지만 그렇게까지 하고 싶은 마음이 없기도 했다.

생각이라면 있으나, 마음이 따르지 않는 건 아무래도 어쩔 수 없는 부분이었다.

하지만 계획을 아주 버릴 생각은 아니었다.

[승리!]

그 영광을 취한다면 모든 문제가 해결되는 것이다. 때문에 진심전력으로 대결에 임했다. 하지만 생각했던 것 이상의 격차가 있었음일까?

'반걸음 정도인 줄 알았더니….'

최소 한 걸음으로 거리감이 조절되며, 그는 패배를 인정해야만 했다.

[쉽지 않을 걸.]

헤일러의 이야기가 새삼 귓가를 맴돌던 순간이었다.

'쉽기는커녕 어렵기만 합니다.'

상대가 상대이다 보니 맘 같아서는 좀 쉬고 싶었지만, 제대로 쉴 틈도 없이 바로 움직였다.

어느새 찾아온 루드말에게 약한 모습을 보이기 싫은 마음도 일부는 있었다. 체넨으로 인한 라이벌 관계이기도 하지만, 그 이전에 그들은 각기 검가를 대표하는 존재들이었다.

서로에게 최대한 당당하고 싶은 마음이 있었다.

'이 정도 시간이면, 아드레안에 소식이 닿았겠지.'

그곳의 마도구를 생각한다면, 이미 아드레안에서 움직이고 있어도 이상할 게 없었다.

패배라는 쓰린 결과로 인해 기존 계획은 구겨졌으니, 새로운 차선을 생각하고 움직여야 할 때였다.

때문에 바삐 아드레안으로 걸음을 한 것이다.

그 같은 쉴 틈 없는 행보 덕분에, 아드레안의 수색대에도 걸리지 않을 수 있었고, 거기에 더해 절묘하게 아드레안의 대표자들이 외부로 향하는 시기에 맞춰 입성할 수도 있었다.

물론, 그렇다고 해서 아드레안 내부에 대표라 할 만한 존재가 없는 건 아니었지만, 초월자들의 격돌이라는 남다른 규모의 사건으로 인해, 중심축 상당수가 빠져나간 건 분명했다.

더욱 눈치 볼 것 없는 상황이었고, 나름 생각하고 있던 차선을 위해 주저 없이 행동에 나섰다.

"드레이안으로 술을 가져와주게."

그의 복귀에 자연히 따라붙는 기사들에게 그 같은 명령을 내린 채, 대뜸 방향을 틀어 드레이안으로 향했다.

주기적으로 벌어지는 축제로 인해, 드레이안의 기사들

대부분이 사이람의 얼굴을 잘 알고 있었다.

"허억!"

"사이람… 아드레안!"

"맙소사! 기사왕이라니."

때문에 갑작스런 검가주의 등장에 드레이안 전체가 들썩였다.

이곳 드레이안에 들어선지 얼마 안 되어 사이람의 얼굴을 모르는 이들 역시도, 주변 분위기와 술렁이는 흐름을 읽어내며 사이람의 정체를 알아내는 건 금방이었다.

함께하는 에던과 루드말의 존재로 인해 의심은 싹틀 겨를도 없이 사그라졌다.

순간 달아오른 드레이안의 공기에 사이람이 쓰게 웃었다.

'나는… 이런 이들을 무시했던가.'

저들의 이 뜨거운 열기와 열망 그리고 정열이 온몸으로 전해져왔다.

나이 많은 기사들도 보였으나, 어쩐 일인지 그들은 여전히 청춘처럼 느껴졌다.

[레아—발람!]

'그야말로… 별의 바다로군!'

저들 하나하나가 찬란한 별빛처럼 빛나고 있다는 생각이 들었다.

그 빛 무리에 취해있노라니 마침 적당한 타이밍에 기사

들이 술을 들고 왔다. 이미 드레이안에서 술판을 벌이겠다고 운을 띄워놓은 만큼, 수레에 가득 실어서 끌고 오고 있었다.

갑작스런 검가주의 등장으로 잔뜩 얼어있는 드레이안의 기사들을 쭈욱 둘러보던, 그가 돌연 힘차게 외쳤다.

"오늘, 여기 새로운 왕의 탄생을 기뻐하기 위해 이렇게 자리를 마련했으니, 모두들 원 없이 즐겁게 마셔주시오!"

그야말로 충격발언이었다.

수레를 끌던 기사들이 깜짝 놀란 얼굴로 사이람을 바라봤고, 드레이안의 기사들 역시도 당혹감 섞인 얼굴로 그를 응시하고 있었다.

새로운 왕의 탄생!

말인 즉, 에던을 인정한다는 의미이기 때문이었다.

설마, 그들도 모르게 어느 틈엔가 그들 두 사람이 한 판 벌이고 온 것일까?

그런 생각을 하고 있으니, 왠지 모르게 사이람의 행색이 언뜻 엉망이라는 것이 눈에 들어왔다.

'설마….'

자연히 에던에게도 향하는 기사들의 시선에서, 사이람은 저들의 의문과 의혹들을 짐작할 수 있었다.

문득 패배의 순간이 떠올랐음에, 버럭 목소리를 높였다.

"마시자!"

그러면서 대뜸 먼저 술통 하나를 잡고 그대로 뒤집었다. 옆에서 지켜보던 에던이 고개를 절레절레 흔들었다.

특별한 연설이나 별다른 강연 같은 건 없었다. 그냥 행동으로써 먼저 마시고 취하는 모습을 보일 뿐인 것이다.

돌발 상황의 연속이었으나, 이곳 드레이안의 기사들 중 술 싫어하는 이들 찾기란 드물었다.

기본적으로 자유기사로써 살아가는 이들이다 보니, 대개가 용병계와 한 발 걸치고 있었고, 저 거친 용병계의 영향으로 인해 대부분의 자유기사는 거친 성향을 가슴 한 편에 숨겨놓은 이들이 많았다.

물론, 술에 입도 안대는 이들도 있었지만, 대개는 술에 취하는 걸 주저하지 않는 이들이 대부분이었다.

게다가 이곳 드레이안의 머문 기간이 긴 이들의 경우, 아드레안에 들 수 없다는 괴로움으로 술기운에 의지하는 이들도 적지 않았고, 때문에 기사들이 가져온 수레가 동이 나는 건 그야말로 순식간이었다.

다행이라면 눈치 빠른 몇몇 기사들이 바삐 움직이며, 저 한쪽으로 기사들이 새로운 수레를 들여오고 있었다.

아무래도 술이라는 건 한 잔 들어가다 보면, 긴장이 풀리기 마련이었다.

사이람의 등장으로 굳어버렸던 드레이안의 공기는 그 한 잔의 술기운에 풀어지기 시작했다.

그 분위기 속에서 사이람은 아주 자연스럽게 드레이안의
속으로 스며들어갔다.

"썩을 놈…."

루드말은 이 같은 모습에 와락 표정을 구겨야만 했다. 그
간 공들여 왔던 그의 작업이 이 한 번의 술판으로 인해 와
르르 무너지는 걸 느낀 까닭이었다.

"캬아아악, 퉤!"

거하게 목청을 푼 그가 조금은 성난 모습으로 술통을 집
어 그대로 들이켰다.

부어라 마셔라!

이른 새벽,

저 멀리 아스라이 떠오르는 햇살을 머리 위로 두른 채,
그렇게 드레이안의 술판은 신명나게 아침을 들이키고 있었
다.

❖ ✜ ❖

황당하다고 해야 할까?

긴장하며 달려왔건만 당혹스러울 정도로 신명나는 '축
제'가 벌어지고 있었다.

비록 드레이안에 한정된 술판이었지만, 그 떠들썩한 분
위기에 취하듯 외부에서도 하나 둘 사람들이 찾아들었고,
어느새 드레이안 내부뿐만 아니라 외부에도 자그맣게 판이

벌어지며, 말 그대로 축제처럼 번지고 있었다.

당연히 아드레안의 기사들의 역할이라면 이 같은 의도치 않은 행사를 자제해야하겠으나, 하필이면 그 술판의 중심에 있는 존재가 그들 검가의 주인이라 불리는 사이람 아드레안이었다.

그가 앞장서서 직접 판을 깔고는 술을 돌리고 있었다. 상황이 이러하니 누가 감히 이를 통제할 수 있겠는가.

각 가문의 대표자들 대부분이 긴급 상황으로 인해 외부에 있는 까닭에, 더더욱 그를 제재하기가 어려울 수밖에 없었다.

가문 내에 원로원이라 불리는 곳에서 나서는 것 역시 한 방법이지만, 대부분 알고 있듯이 현 가주의 나이가 만만치가 않았다.

말인 즉, 원로원이라 불리는 이들과도 큰 차이가 나질 않는다는 의미였고, 그나마 가주보다 연배가 높은 전대의 인물들이라 해 봤자, 연령으로 인해서인지 그 수가 많지도 않았으며, 대부분 힘을 잃고 시들어가는 중이니 만큼, 어지간한 일이 아니고서야 나서는 경우가 없었다.

남아있는 몇몇 대표자들의 발언권만으로는 아무래도 그 목소리가 힘을 얻기가 어려운 것이다.

그들 역시도 아는 까닭에 선뜻 나서지 않은 채, 멀찍이서 외출중인 대표들이 돌아오는 걸 기다리며 조용히 지켜볼 수밖에 없었다.

그리고 아침이 밝아오고 하나 둘, 레아-발람의 하루가 시작될 무렵, 그 때가 되어서야 외출을 했던 각 가문의 대표들이 하나 둘 복귀하기 시작했다.

하지만 그들은 결국 목소리를 합칠 수 없었다.

이미 하나의 성대한 축제가 되어버린 드레이안의 분위기가 그들의 발길을 주저하게 만든 까닭이었다.

지금에 와서 막기에는 너무 늦었다는 걸 깨닫고 인정할 수밖에 없었다.

"기다린다!"

결국 그들이 내린 결정도 그와 같았고, 복귀한 각 가문의 대표자들 역시도 드레이안의 축제를 방관하며 대기하기 시작했다.

그런 이유로 인해 대부분의 대표들은 각 가문으로 돌아가 일단 정비를 하기로 했다.

하지만 트로간의 부단장인 세인만큼은 홀로 남아서 드레이안에 발을 들였다.

물론, 자그마한 위장 정도는 한 상태였다. 혹시라도 그의 복장을 알아보고 소란이 이는 걸 피하기 위함이었으며, 그와 동시에 그가 이곳에 발을 들였다는 걸 숨기기 위함도 있었다.

'아무래도… 이런 분위기면 굳이 감출 필요도 없었겠지만.'

제대로 흥이 오른 드레이안의 모습을 보고 있노라면, 본 모습으로 왔더라도 크게 이목이 집중되지 않았을 거라 여겼다.

특히, 몇몇 아드레안의 기사들도 술판에 끼어있는 모습을 생각해 봤을 때, 한 명쯤 더 끼어들어도 이상할 일은 없었을 것 같았다.

'하긴….'

저 중심에 검가의 주인이 앉아있으니, 그 한 명 추가돼도 특별한 이유가 없는 것이다.

쓰게 웃던 그가 자리를 이동해 드레이안을 살필 수 있는 장소로 올라갔다. 그리고 오래지 않아 예상했던 그대로의 풍경을 볼 수 있었다.

예상을 했으나 상상하기 싫었던 구도라고나 할까?

사이람과 에던 그리고 루드말!

세 명의 초월자가 한 자리에 앉아서 술잔을 기울이고 있는 모습이었다.

일단, 그들 검가의 주인이 저 지저분한 흙바닥에 앉아, 한껏 헝클어진 모습을 비추고 있다는 것 자체부터가 마음에 들지 않았다.

뿐만 아니라 적대적 거리감을 유지하던 에던과 한 자리에서 웃음을 나누는 것 역시 불만이었고, 요 근래 드레이안에 요상한 분위기를 꽃피우는 루드말까지 거기에 가담하고 있다는 건, 그야말로 속을 쓰리게 할 정도로 거슬리는 광경이었다.

'형님… 대체, 무슨 생각으로 이러시는 겁니까?'

저러한 태도를 보이고 있다는 것 자체만으로 문제가 되기에 충분했다. 상대가 일반 용병도 아닌 에던이라는 부분 때문이었다.

자칫, 주변에서 그의 패배를 상상할 수도 있는 까닭이었다.

'…설마?'

거기까지 생각하던 세인의 머릿속으로 불현 듯 천둥과 벼락이 몰아쳤다.

'정말로…?'

상상도 하기 싫은 단어가 자꾸만 눈앞을 아른거렸다.

[패배!]

당연하게도 믿을 수 없고, 믿기도 싫은 이야기였다.

사이람 아드레안!

그는 이곳 검가의 자랑이다. 하지만 그 이전에 트로간이 지닌 모든 기술의 결정체이며, 그들의 자부심이기도 했다.

세인의 경우에는 감히 허락받지 못했던 '진화'의 결정판이지 않던가.

문득, 사이람의 고개가 돌아간다 싶더니, 그와 시선이 마주쳤다. 그러더니 살짝 손을 흔드는 게 보였다.

눈살을 찌푸리다 나직한 한숨과 함께 고개를 숙여보였다.

좀 더 지켜볼까도 싶었지만, 자칫 사이람에게 불려서 저들 사이로 들어가야 할지도 모른다는 생각에, 짧은 인사와 함께 도망치듯 자리를 피해야만 했다.

사이람의 손인사에 에던이 슬쩍 그 방향으로 시선을 보내다가 물었다.

"누굽니까?"

그에 대한 대답은 간단했다.

"동생."

루드말도 그쪽 방향으로 시선을 두다가 슬쩍 질문을 던졌다.

"기분이 좋아 보이지는 않는데, 괜찮겠나?"

짧은 시간이었지만 술잔을 기울이며 서로 말을 트게 된 둘이었다. 나이 차이도 크게 나지 않는데다가 과거의 악연이 존재하기는 하나, 아무래도 술이 들어가다 보니 분위기에 취하듯 그렇게 서로 말을 놓게 된 것이다.

[같이 늙어가는 처지에 무슨, 좋게좋게 가자고.]

나이가 많은 사이람이 먼저 그 같이 제안했고 루드말은 짧은 고민 끝에 동의한 것이다.

"뭐… 저 녀석은 이곳을 그리 좋아하진 않으니까."

그의 대답에 루드말이 짧게 고개를 끄덕였다. 한 왕국의 공작이기 이전에 검가의 주인으로써, 각 검가들 사이에만 전해지는 나름의 이야기라는 게 있는 까닭이었다.

'지독한 엘리트라고 했던가?'

그를 만나본 타 검가나 그들 검가의 일원들이 은연중에 느꼈다는 부분이었다.

좋은 의미로써 사용될 수도 있겠으나, 트로간의 부단주에게는 악의적인 표현도 함께 더해져 있는 느낌이었다.

레아-발람은 기사들의 대지고, 아드리안은 그곳의 심장부와 같았다. 그리고 드레이안은 그들을 동경하는 자유기사의 쉼터라 불리는 장소였다.

아드레안의 기사 대다수가 이곳 드레이안의 기사를 한 수 아래로 낮춰보는 경향이 있지만, 트로간의 부단주는 그 같은 부분이 더욱 도드라진다고도 전해졌다.

'아드레안에 대한 자부심이 특히 남다르다고 했던가…'

작게 고개를 끄덕이는 루드말의 모습에 사이람이 쓰게 웃었다. 그가 어떤 생각을 하고 있는지 짐작한 까닭이었다.

어찌 모르겠는가. 그 역시 한 검가를 이끄는 사람이었고, 그런 이유로 타 검가에서 그들만이 공유하는 이야기쯤은 충분히 알고 있었다.

"쓸데없는 생각은 집어치우고 마시자고 마셔!"

그러며 다시금 분위기의 중심에 술잔을 들여놓았다.

비록 드레이안에 발을 들인 건 아니었지만, 상황을 지켜본 기사들의 이야기를 전해들은 것만으로도 충분히 예상할 수 있었다.

"졌군…."

프릭셀의 단장 바드란은 사이람이 패배했을 거란 결론을 내렸다.

물론, 에던과 의외로 맞는 부분이 있어 저 같은 상황으로 이어졌을 수도 있었다. 하지만 이는 희박한 확률이라고 여겼다.

트로간을 견제하는 입장에 서서, 오래도록 그들의 정점인 사이람을 분석하고 평가해 온 결과가 하나의 직감이 되어 그 같은 이야기를 귓가에 속삭이는 까닭이었다.

[그는 졌다.]

하지만 모든 걸 짐작하기는 어려웠다. 패배라는 그림도 상상하기 어렵건만, 그 대상과 저리 즐겁게 술판을 벌이고 있다?

'뭔가가 있군….'

이미 에던 운트를 '적'으로 간주하고 가문을 나선 사이람이건만, 저처럼 앞장서서 거리감을 좁히는 모습이 낯설기까지 했다.

때문에 더욱 숨겨진 이야기가 있다는 생각이 들었다.

"그나저나… 패배라…."

오랜 시간, 평생에 걸쳐서 사이람이라는 거대한 벽을 마주해왔던 까닭일까?

새삼스레 그의 패배가 이상하게만 느껴졌다.

'평생을 패배는 모르고 살 줄 알았더니.'

잠시, 스스로가 착각한 건 아닐까도 싶었지만, 펼쳐진 상황이 이를 또 한 번 부정하게 만든다.

쓸데없는 상념이 스스로를 갉아먹으려 함에, 고개를 휘휘 저으며 잡념들을 털어냈다.

"후우… 일단은 물고 늘어질 때인가."

비록 아드레안의 성을 짊어지고 있으나, 사이람은 트로간의 사람이었다. 이번 상황은 그들을 씹을 수 있는 좋은 기회였다.

"충분히 뜯어먹어야겠지."

기회라는 건 왔을 때 씹어야 하는 법이었다.

❖ ✠ ❖

당연하다고 해야 할까?

"대체 생각이 있는 겁니까?"

사이람은 복귀와 동시에 세인에게 사정없이 깨져야만 했다.

"한 가문의 수장이라는 분이 대체… 하…."

이야기 중간중간 쉴 새 없이 터져 나오는 그의 한숨소리가 심경을 대변해주고 있었다.

"알고 계십니까? 이번 일을 계기로 다른 가문은 저희를 압박할만한 명분을 쥐게 되었습니다."

별 것 아닌 듯 보이는 행동도 그들의 가주가 하면 문제가 될 수 있었다. 하물며 드레이안 전체에 술판을 깔았던 그의 행보는 여러모로 말이 많을 수밖에 없었다.

한참 이야기를 듣고 있던 사이람이 어깨를 으쓱이며 한마디를 던졌다.

"문제가 될 게 있나?"

일순 세인의 표정이 굳었다. 그러더니 재차 목소리를 높이기 시작했다.

"당연하지요. 가문의 창고를 탈탈 털어서 술판을 벌인 것부터, 아무 소식도 없는 복귀에다가, 대뜸 에던 운트와 화해의 분위기까지 만들지 않았습니까. 하나부터 열까지 전부 문제입니다. 전부!"

그렇잖아도 트로간의 독주에 경계심을 키우는 다른 가문들이지 않던가. 잠시의 틈이라도 보이면 물어뜯기 위해 날카롭게 이를 갈고 있는 중이었다.

"한 가지만 묻자."

문득, 사이람이 세인을 정면으로 응시하며 물었다.

"너에게 아드레안은 뭐냐?"

뜬금없는 질문에 세인이 한 차례 눈살을 찌푸렸다. 그러

다가 대답을 위해 입을 열려는데, 선뜻 말문이 트이지가
않았다.

'…뭐지?'

평상시라면 주저 없이 이처럼 대답했을 것이다.

[지켜야 할 가문입니다!]

허나, 어째서인지 지금 이 순간, 사이람의 시선을 마주하
고 있노라니 그에 대한 대답이 나오질 않았다.

이유를 떠올리기 무섭게 하나의 단어가 머릿속을 스쳤
다.

[트로간!]

아드레안이라는 이름에 앞서서 세워져 있는 가문의 존재
가 그의 말문을 막은 것이다.

스스로도 잘 아는 부분이건만, 어째서 지금 이 순간 그러
한 부분이 떠오르며 대답을 가로막는 것이란 말인가.

"지켜야 할… 가문입니다."

한 차례 숨을 고르고 난 뒤에야, 가까스로 머릿속을 정리
하며 말문을 열어 답을 내어놓을 수 있었다.

그에 사이람이 히쭉 웃으며 어깨를 으쓱였다.

"나 역시 그렇게 생각한다."

하지만 어쩐 일인지 둘 사이의 대답에서는 묘한 온도차
이가 느껴진다는 생각이 들었다.

'으음…'

세인은 그 기이한 감각에 저도 모르게 등골이 오싹해지는

기분을 맛봐야만 했다.

　'…뭔가, 달라졌다!'

　그와 동시에 눈앞의 사내가 과거와는 다르다는 걸 깨달았다.

　가문의 주인이 복귀한 것이건만, 어쩐 일인지 돌아와서는 안 될 사람이 돌아온 것 같은, 그런 불안한 느낌이 자꾸만 등허리를 간질거리고 있었다.

3. 지나는 길.

3. 지나는 길.

하룻밤 꿈같은 기적이라고 믿었다.

헌데, 이게 웬일?

꿈은 현실이 되어 그들의 일상 사이로 슬며시 발을 들이밀고 있었다.

"허…."

"또 오셨네?"

드레이안의 기사들은 믿기 어렵다는 얼굴로 무대 한편을 바라봤다.

[사이람 아드레안!]

그들에게는 진정 별세상의 사람이자, 하늘 밖의 존재라고 할 수 있는 아드레안이 또 다시 등장했으니, 그들이 느끼는 감동은 실로 어마어마한 것일 터였다.

더욱 놀라운 건, 그가 드레이안의 무대에 직접 올라서 검을 보여주거나, 가벼운 대련 신청까지도 받아준다는 점이었다.

그 모습에 더더욱 드레이안의 열기가 들끓는 건 당연한 수순이었다.

한편에서 루드말이 허탈하게 웃건 말건, 그들은 동경하던 존재와 한 자리에 함께한다는 것만으로도 이미 현기증을 느낄 정도였다.

물론, 그와 함께했던 앞서의 술판을 생각할 수도 있겠지만, 이성적인 판단력이 앞서기 전에 이미 술기운에 취해 꿈속의 동화처럼 변해버린 상황이었던 까닭에, 제대로 상황을 인지하기도 어려웠다.

때문에 사이람의 등장은 그들에게 남다른 충격이었다.

특히, 그 변화가 하루아침에 이뤄진 것이며, 동시에 단 하루로 끝나지 않는다는 점에서 더더욱 그들 드레이안의 기사들을 끓어오르게 하고 있었다.

"쩝… 아무래도 아직은 시기가 아닌 모양이야."

루드말이 그처럼 이야기하며 에던을 바라봤다. 어느새 치료실을 나온 에던이 그의 곁에서 동감한다는 듯 고개를 끄덕이고 있었다.

이미 아드레안의 인사들 대부분이 그의 꾀병을 눈치 채고 있기에, 더는 그곳에 머물기가 민망하여 나온 것이다.

사실, 더 비비고 있을 수 있었으나, 사이람과의 대화를 통해 굳이 그곳에 버틸 필요가 없다 생각하며, 회복을 알리고 그 길로 드레이안으로 돌아왔다.

당연히 그의 복귀에 드레이안이 한 차례 들썩였지만, 뒤이어 등장한 사이람의 존재로 인해, 상당부분 묻혀버린 감이 있었다.

그런 이유로 인해 루드말과 마찬가지로 그 역시 입맛만 다시며 드레이안의 풍경을 바라볼 뿐이었다.

기왕이면 루드말이 이곳 드레이안의 분위기를 끌어가버리기를 바랬기 때문이다.

이를 통해 아드레안의 명성을 한 꺼풀 벗겨내고 거기에 더해서 레아-발람의 위엄을 드라필만이 나눠가게끔 하는 것까지가 최고의 그림이었다.

하지만 사이람의 복귀와 그의 돌발행동으로 인해 그간의 노력이 수포로 돌아갈 듯싶었다.

물론, 루드말이 그간 해 온 노력이 전혀 의미가 없지는 않았던지, 사이람의 등장 이후에도 여전히 그를 찾는 기사들이 있었지만, 역시나 '기사왕'의 존재감과 '아드레안'의 명성 때문인지, 그 비율은 절대적으로 사이람에게 몰려있었다.

"아무래도 여기서 할 일은 끝난 모양이네요."

최초 에던이 계획했던 건 적당히 판을 벌리고, 저들 아드레안이 그 판에 뛰어들면서, 제법 뜨거운 무대를 만들어내는

것이었다. 거기에 이런저런 살이 붙어서 덩치를 부풀렸지만,
어쨌든 기본 뼈대는 그와 같았다.

실제로 치료실에서의 전투는 그 전초전이 될 수 있었
다.

아드레안 전체적으로 긴장감이 고조되던 것 역시 지난
전투의 여파이기도 했다.

하지만 사이람의 등장으로 인해 이야기가 달라졌다. 에
던의 최종적인 목표이기도 한 그와의 만남이 무대의 극본
을 전체적으로 수정하게 만든 것이다.

"믿어도 되겠어?"

루드말이 걱정어린 얼굴로 에던을 바라봤다. 이에 에던
은 저기 무대 한편에서 한창 지도를 하고 있는 사이람에게
시선을 건네며 입을 열었다.

"뭐… 일단은 믿어 보는 거죠."

복귀를 생각하게 만든 건, 사이람이 직접 아드레안을 변
화시키겠다며 의지를 밝힌 이유가 더 컸다.

그 대화의 시간은 짧았지만, 눈빛과 열기 그리고 각오
는 충분히 그를 한 걸음 물러서게 할 만한 의지가 있었
다.

사실, 사이람의 입장에서는 에던이 손을 댔다가는 기둥
이 뿌리 채 뽑혀나갈 수도 있음에, 더더욱 그의 등을 떠밀
며 돌아가라 강요한 부분이 있기도 했다.

"언제쯤 돌아갈 생각이냐?"

루드말의 물음에 에던이 잠시 주변을 돌아봤다. 곳곳에서 느껴지는 은밀한 시선들이 있었다. 입 꼬리를 슬며시 올린 그가 나직이 중얼거렸다.

"슬슬… 가야죠."

느껴지는 시선의 깊이가 전에 없이 짜릿한 게, 최소한의 목적 정도는 이룰 수 있을 거라 여겨졌다.

"너무 오래 나와 있었으니."

검술원에서 기다리고 있을 여동생을 떠올리니, 입 꼬리 한편에 부드러운 숨결이 스미듯 내려앉았다.

❧ ✟ ❧

콰앙!

박살나고, 부서지며, 흩어진다.

콰아아아아앙…

쉼 없이 그 잔재가 사방으로 흩날렸다.

"으아아아–사이람!"

성난 목소리로 하나의 이름을 입에 담고, 또 씹으며 울분을 토해내는 건, 그로 인해 모든 계획이 어그러졌기 때문이리라.

트레이셸의 국왕 라벨르만은 분노로 얼룩진 자신의 집무실을 돌아봤다. 한참을 날뛴 덕분에 잠시나마 이성이 돌아왔지만, 여전히 가슴 속 열기는 식을 줄을 몰랐다.

어쩌면 더 이상 박살낼만한 물건들이 없다는 게 그의 이성을 잡아 올린 것처럼도 보였다.

칠성좌와 아드레안의 관계에 대해 아는 이들은 극히 드물었다.

하지만 분명 그들은 하나의 울타리를 공유하는 존재들이었다. 물론, 그 울타리에 각자 한 발씩만 딛고 있기는 했다.

아드레안의 경우에는 트로간 가문만이 울타리에 발을 담고 있었고, 칠성좌의 경우에는 그들 국왕을 비롯한 몇몇 수뇌부만이 진실을 알고 있을 뿐이었다.

그렇게 서로가 적당한 거리감을 유지한 채 공존하는 관계였다.

그런 이유로 인해 아드레안에는 그들의 시선이 깔려있었고, 당연하게도 그곳에서 발생하는 사건 사고 대부분이 칠성좌의 귀에 들어올 수밖에 없었다.

물론, 아드레안 내부 깊숙한 곳까지는 파헤치기가 어렵지만, 그 외곽이라거나 드레이안 같은 장소는 쉬이 파악할 수 있었다.

그리고 이를 통해서 믿기 어려운 정보를 듣고야 말았다.

[기사왕과 용병왕의 술자리!]

단번에 그 의미를 파악할 수 있었다.

"으아아아-!"

더 이상 박살낼 것이 없음에, 라벨르만은 포효하듯 울부짖는 것으로써 그 분노를 터트리고 폭발시켰다.

그야말로 농락당한 기분이었다.

에던 운트를 시험하겠다고 나왔으나, 그 길은 분명 '처리' 하기 위한 여정이었을 것이건만, 대뜸 그와 화해의 분위기를 마련했다고 하니, 어찌 황당하지 않겠는가.

용병왕의 최후를 짐작하고, 거기에 대비한 계획을 짜고 또 준비했건만, 모든 게 허사로 돌아가 버린 것이다.

그로 인해 전쟁의 상황은 더욱 어지럽게 변해버렸다.

물론, 나름대로 만약의 사태에 대한 대비 정도는 하고 있었지만, 이는 결국 '최선' 이 아닌 '차선' 일 뿐이었고, 사이람을 적대하는 것과 다르게 그의 실력 자체는 믿고 있던 까닭에, 여러모로 차선의 방비책에 허술함이 있을 수밖에 없었다.

당연하게도 이는 트레이셸 뿐만 아니라, 다른 칠성좌 역시 공통적으로 포함되는 이야기였다.

그야말로 마른하늘에 날벼락이 떨어지는 격이었다.

"후우… 애초에… 그딴 놈을 믿는 게 아니었건만… 으득!"

전장의 주도권은 여전히 그들 칠성좌들의 것이었다. 하지만 그 균형은 아슬아슬한 외줄타기와도 같아서, 언제든지 넘어갈 수 있는 위태로운 것이었다.

그들의 비밀 전력을 다시금 꺼내들어 전장의 상황을

압도하는 것 역시도 생각해 봤으나, 이미 한 차례 선보였던 만큼 이전과 같은 효과를 발휘하기는 어려울 확률이 높았다.

게다가 전력의 대부분이 위험성을 내포하고 있는 만큼, 주변국의 반발을 사고, 자칫 내부의 분쟁까지도 이끌어낼 수도 있었다.

하필 상대가 그들 뿌리의 일원이었다는 부분도 타격이 컸다. 한때나마 함께했던 까닭인지 그들의 움직임을 상당 부분 짐작하며 대응을 해 오는 탓에, 여러모로 골치 아픈 상황이 자주 발생하고는 했다.

그나마 아직 흐름 자체는 나쁘지 않았다. 하지만 만약 이 분위기가 역전이라도 된다면?

'으음….'

떠오르는 건 '최악'의 선택지였다.

[유령왕!]

어쩌면 그와 마주해야 하는 순간이 올지도 몰랐다. 사실, 그 같은 '최악'을 떠올리는 까닭에, 더더욱 초조해지는 부분도 있었다.

'그것만큼은….'

절대적으로 피하고 싶은 만남이었다. 그러기 위해서라도 지금의 흐름을 놓쳐서는 안 될 터였다.

'…아드레안과 사이람은 뒤로 미뤄둔다!'

애초에 외부의 힘에 의지하려던 행동 자체가 멍청한 짓

이었다며, 그렇게 스스로를 채찍질 할 뿐이었다.

'일단은….'

전장에 좀 더 집중해야 할 때였다.

❖ ✛ ❖

루드말은 쓰게 웃으며 뒤를 돌아봤다.

'설마, 결정한 날 바로 행동으로 실천할 줄이야.'

점점이 멀어지는 레아-발람의 풍경이 보였다. 짧지 않은 기간이었지만, 그 나름대로 즐겼던 시간이기도 했다.

드레이안의 기사들과 함께하며, 그들의 열망에 취해, 잠시나마 청춘을 떠올리기도 했을 정도였다.

가문의 원칙에 따라, 그 역시 한때는 세상에 내몰려 용병계에 발을 담고, 자유기사로써 활동하며, 이런저런 세상 경험을 하던 시절이 있던 까닭에, 더더욱 그들의 열기에 심취했던 걸지도 몰랐다.

그런 이유로 제법 심도 있는 가르침을 내려주기도 했었다.

'뭐… 결국, 남 좋은 일만 시킨 격인가.'

저들이 그의 가르침을 통해 성장한다면, 분명 아드레안에서 끌어들이려 움직일 게 분명했다.

왠지 입맛이 썼지만, 한편으로는 그 맛이 크게 나쁘지만은 않다는 생각도 들었다. 그들의 열기에 취해, 그 역시

작게나마 깨우친 것이 있기 때문이었다.

저들의 열정으로 인해, 아직 그의 심장도 뜨겁게 뛰고 있음을 알았고, 그 역시도 위를 향한 갈망이 간절하다는 것 역시 깨달았다.

"그나저나… 언제쯤 나타날 것 같나?"

어느새 레아-발람의 모습이 완벽한 점이 되어버렸을 즈음, 루드말이 함께 걷던 에던을 바라보며 그리 물었다.

"늦어도 내 중에는 나타나겠죠."

"오늘 나타날 수도 있겠군."

그의 끊임없는 물음에 에던이 슬쩍 한숨을 내쉬며 역으로 되물었다.

"요즘 왜 그러십니까?"

"뭐가 말인가?"

"아시면서 모른 척 하시기는…."

매번 에던의 의견을 묻고, 그로 하여금 쉴 새 없이 생각을 하게 만드는 루드말의 모습을 지적하는 것이었다.

잠시 에던의 시선을 마주하던 루드말이 쓰게 웃으며 입을 열었다.

"…눈치 챘나?"

"워낙 연기가 어설퍼야죠."

"어힛! 이 사람이! 내가 이래봬도 한 때는 극단에서 찾아올 정도로 연기력이 뛰어났던 사람이야. 크흠!"

에던의 싸늘한 시선에 루드말이 슬쩍 헛기침과 함께

고개를 돌려버렸다. 절반 이상이 거짓이었던 까닭이었다.

실제로는 그가 찾아다녔고, 그나마도 극단의 배우를 쫓아다니던 시절이었기에, 결국 연기력과는 전혀 무관한 과거였다.

잠시 에던의 시선을 외면하던 루드말이 이내 입맛을 다시며 그와 마주했다. 그리고는 진중한 음성으로 입을 열었다.

"알다시피 자네는 '왕'이라고 불리네."

때문에 루드말은 수시로 에던에게 '생각'을 하게끔 유도했다. 그리고 그 '생각'을 곁에서 지켜보고자 했다.

"자네가 원하든 원치 않든, 결국 자네의 밑으로 많은 사람이 모이게 될 거야."

용병계의 규모를 생각한다면, 실제로 '왕'이라는 위치에 부족하지 않을, 그런 수하들을 거느리게 될 확률이 높았다.

"아마도 자네는 대륙 전체의 판도를 쥐고 흔들만한 존재가 되겠지."

이미 그런 위치에 있기도 했다. 하지만 거기에 세력까지 더해진다면?

"나는 자네의 생각을 지켜보면서 판단할 생각이네."

이미 딸아이의 존재로 인해 에던과는 긍정적인 관계를

구축하고 있지만, 그래도 그는 한 가문의 주인으로써, 상대에 대해 판단함에 있어서 이성적인 부분을 우선시해야 할 수밖에 없었다.

때문에 수시로 물으며 그 생각을 읽어나가며, 그의 행보의 방향성을 지켜보는 것이다.

"그러니까 하시려는 말씀이… 저를 적대할 수도 있다는 거네요?"

루드말이 이를 드러내며 웃었다.

"뭐, 그럴 가능성은 희박하니까. 걱정할 필요는 없네."

"그런 걸 이렇게 대놓고 이야기해도 되는 겁니까?"

"뭐… 결국에는 알게 될 일이니까."

특히, 검술원으로 복귀하게 되면, 딸아이 레일라를 통해서 전부 파헤쳐질 부분이었다.

"게다가 자네 성격에 이 정도는 웃어넘길 수 있잖나."

굳이 그 같은 성격은 아니었지만, 너무 저렇게 대놓고 그를 추켜세우는데다가, 당장 크게 기분이 나쁘지도 않았던 까닭에, 결국 에던은 짧은 실소와 함께, 말 그대로 웃어넘겨 버렸다.

"그나저나… 자네 생각보다 빨리 온 모양인데."

에던과 루드말의 시선이 전방으로 향했다. 아직 시야에는 잡히지 않았으나, 멀찍이서 느껴지는 은밀한 움직임이 있었다.

"저건, 뭐… 애초부터 기다리고 있었던 것 같은데요."

한 차례 어깨를 으쓱이던 에던이 문득 눈살을 찌푸리며 뒤편을 바라봤다. 그의 행동에 의아한 얼굴이 된 루드말이 마찬가지로 왔던 길을 되돌아보는데, 시야에 잡히는 건 아무것도 없었다.

감각에도 걸리는 게 없음에, 별빛 너머에 이른 감각이 무언가를 잡아냈다고 여겼다.

"후…."

나직한 한숨을 내쉬던 에던이 대답 대신에 걸음을 빨리했다.

그 모습을 의아하게 바라보던 루드말도 바삐 그 뒤를 좇았고, 오래지 않아 저 멀리 시야의 끄트머리로 점점이 움직이는 무리들을 발견할 수 있었다.

점차적으로 거리가 가까워지면서 그들에게서 풍기는 불길한 기운 역시도 읽어낼 수 있었다.

"으음…."

루드말이 나직한 신음성을 흘리며 에던을 바라봤다. 에던은 그의 시선이 던지는 물음을 이해하며, 짧게 답을 내어 줬다.

"버서커입니다."

이미 사이람을 통해서 치료실을 습격했던 이들에 대해 들었고, 그 정체에 대해서도 알게 되었다.

아드레안을 뒤로 할 수 있었던 이유 중 하나가 바로 그같은 충격적인 정보에 있었다. 가문의 치부를 주저 없이 드러내는 사이람의 모습에서, 그의 진실성을 엿볼 수 있었고, 발길을 돌리기로 결심하게 된 것이다.

"확실히… 보통 놈들은 아니군."

점차적으로 거리가 가까워지면서 상대에 대해 상세히 살필 수 있었는데, 하나같이 외형 자체는 그리 특이할 게 없는 이들이었다.

하지만 루드말은 그들의 존재감에 손바닥이 축축해지는 걸 느껴야만 했다.

'서른 명….'

저들 둘이면 별빛을 가릴 수 있고, 셋이면 루드말도 감당할 수 없다는 이야기를 들었다.

'…초월자 열다섯의 전력인가.'

아드레안이 알고 있을 고위급의 합격을 생각한다면, 충분히 계산 이상의 위력을 내는 것도 가능할 터였다.

"앞서서 기다리고 있었다는 건… 아무래도 그 녀석이 말을 아꼈다는 건데."

루드말의 이야기처럼, 저들이 에던 일행보다 앞서 있을 수 있었던 건, 사이람이 저들의 움직임을 막지 않았다는 의미로 봐도 이상하지 않았다.

설마, 이제 와서 그들과 나눴던 이야기들을 부정하는 것일까?

"뭐… 백 마디 말보다 한 번 경험하는 게 낫다는 거겠죠."

짐작컨대 에던의 능력을 직접 맛보게 하려는 의도일 거라 여겼다.

이미 치료실에서 한 차례 그 능력을 증명했지만, 당시에는 장소를 비롯하여 은연중에 신경을 써야 할 것들이 많았다.

아마도 이 같은 부분들이 저들의 마지막 자존심으로 남아있었을 것이다. 사이람은 그 같은 부분마저도 무너트리고자, 침묵하며 저들 '트로간'의 움직임을 내버려 둔 것이리라.

"아드레안은… 움직일 생각이 없나 보군."

만약, 아드레안에서 행동을 보였더라면, 저들 버서커가 대놓고 모습을 드러내지는 못했을 터였다.

사이람의 패배를 이미 짐작하고 있기 때문에, 더더욱 에던의 복귀를 내버려두지 않을 거라 여겼건만, 의외로 그들은 별다른 행동을 보일 생각이 없는 모양이었다.

하지만 트로간의 경우에는 결코 그럴 수 없었다. 사이람은 아드레안의 주인이기 이전에, 그들 트로간의 대표자가 아니던가.

패배라는 단어를 지우기 위해서라도 그들은 움직여야만 했다.

아직까지는 그저 추측성으로 나오는 '패배'라는 결론이기에, 더욱 바쁘게 움직이는 것일지도 몰랐다.

"다른 가문들이 안 움직였다는 건… 트로간의 독주를 이

143

기회에 한 번쯤 잡아놓겠다는 뜻이려나."

루드말의 이야기에 에던이 고개를 끄덕이며 동의했다. 떠나기 전, 사이람과 나눴던 대화에서 그 같은 부분이 언급되었던 까닭이었다.

[아마도 다른 가문들은 트로간의 숨겨진 저력을 더 끌어내고 싶어서라도 침묵을 지킬 확률이 높을 거네.]

그런 이유로 조심하라는 이야기까지 남겼다. 트로간의 저력을 잘 아는 까닭이었다.

하지만 에던은 그가 한 가지 착각하고 있다고 여겼다.

'지난번에 보여준 것만으로 내 전력을 평가하면 안 될 겁니다.'

실력적인 부분이라면 사이람의 예상에서 크게 벗어나지 않을 것이다. 하지만 에던에게는 남다른 육체와 예지에 한 발 걸치고 있는 각성능력까지 있었다.

"좀 도와줄까?"

루드말이 그처럼 물으며 검을 두드렸다. 이에 에던이 짧은 실소와 함께 고개를 저으며 성큼 전방으로 걸음을 내딛었다.

"저 한 명 보겠다고 저렇게 흙먼지 맞으면서 기다리고 있는데, 무시할 수는 없죠."

어깨를 으쓱인 루드말은 그대로 한 걸음 물러났다. 그러다가 돌연 뒤편으로 시선을 돌리고는 눈을 동그랗게 떠야만 했다.

"거 참… 끈질기군."

고개를 절레절레 흔든 그가 다시금 고개를 되돌렸다.

실로 찰나의 순간, 에던과 불청객들의 거리가 급속도로 좁혀들더니, 그야말로 순식간에 전장의 공기가 대기를 뒤덮기 시작했다.

❖ ❖ ❖

사건의 발단은 아주 간단했다.

[그분에게 검을 배우기 위해서입니다.]

허나, 대상이 되는 존재가 문제였다.

[에던 운트!]

상대는 무려 아드레안의 최대 골칫거리로 떠오른 존재가 아니던가. 그곳을 대표하는 다섯 가문 중 하나인 '프릭셀'의 후계자가 그에게 검을 배운다?

문제가 되기에 충분했다.

[당분간 외출을 금지하겠다.]

그 같은 결정과 함께, 그렇게 방 안에 갇혀버렸다. 맘 같아서는 당장에 뛰쳐나가고 싶었으나, 주변을 지키고 있는 기사들은 하나같이 가문을 대표하는 이들이었고, 아직 부족한 실력으로 그런 이들의 이목을 속이기에는 무리가 있었다.

아드레안의 기사들은 기본적으로 드레이안의 기사들을

낮춰보는 경향이 있었다.

물론, 겉으로 드러내지는 않지만, 그들 스스로가 우위에 있다는 걸 은연중에 내비치고는 했다. 아마도 그 같은 부분 때문에 문제가 더욱 커진 걸지도 몰랐다.

[프릭셀의 후계자가 드레이안에서 검을 배운다!]

비록 그 공부가 기본적인 것들에 한정되었다고는 하나, 어쨌든 문제가 되기에는 충분한 내용이었다.

그라넥은 절망했다.

'마지막… 마지막 기회라고 생각했건만….'

에던 운트의 검술에서 희망의 빛을 발견했건만, 이렇게 짓밟히게 될 줄이야.

그렇게 절망하고 또 좌절하고 있을 때, 뜻밖의 상황이 발생했다.

[후회하지 않을 자신이 있느냐?]

갑작스레 찾아온 부친이 그 같은 물음을 던져오는 것이 아닌가. 거기에서 가능성을 발견한 그는 과감히 고개를 끄덕였고, 선택의 갈림길에 올라섰다.

[이 방을 벗어나는 순간, 너는 후계자로써 누리던 모든 권리를 상실하게 될 거다.]

그리고 방문이 열렸다.

"감사합니다!"

정중한 인사와 함께, 그라넥은 방문을 열고 나섰다.

이내 에던이 떠났음을 들었고, 바삐 그 뒤를 쫓아서 달려야만 했다.

누려왔던 모든 권리의 박탈로 인해, 말 한 마리도 지원받을 수 없었기에, 순수하게 달음박질로 에던의 뒤를 쫓아야만 했다.

그나마 다행이라면 그가 떠난 방향 정도는 들을 수 있었다는 점이었다.

자칫, 늦어지기라도 하면 그마저도 쓸 수 없는 정보가 될수 있음에, 지닌바 모든 오러를 끌어올리며 최선을 다해서뛰었다.

이곳이 레아-발람이기에, 기사들의 성지라는 이유로 인해, 누구 하나 속도를 내지 않는 장소에서, 그의 뜀박질은 더없이 많은 이들의 이목을 끌었다.

눈살 역시 찌푸리게 만들었지만, 그는 주저 없이 뛰었고 또 내달렸다.

그리고 오래지 않아, 저 멀리서부터 뻗어오는 아찔한 파동의 물결을 마주할 수 있었다.

절로 탄성이 터져 나왔다.

"아…."

앞서의 만남에서 그의 '검'을 봤다면, 이번에는 그의 '실력'을 제대로 마주하는 순간이었다.

다시금 진한 감동의 가슴을 적셔들었다.

어떻게 상대를 해야 할까?

짧은 고민 끝에 에던은 일단 주먹을 들었다.

"미친개는 일단 패야지."

버서커라고 불리는 이들이니 만큼, 쉽지 않은 승부가 될 거라 여겼다.

이미 치료실에서 한 번 상대해 봤기에, 더욱 저들의 능력을 잘 알고 있었다. 결코, 가볍게 볼 수 없었다.

광기에 물들었다고는 하나, 저들은 그저 미쳐버린 존재들과는 달랐다. 이성적인 사고를 할 수 있고, 광기를 거기에 끌어들일 줄도 알았다.

미쳐 날뛰면서도 손발을 맞추고 합을 나눈다.

'합격진인가….'

에던은 일정한 간격으로 움직이다 그를 중심으로 점차적으로 거리를 잡는 불청객들을 바라봤다.

각자 자신의 자리를 찾아가는 모습에서 먼저 움직이기로 결심했다.

저대로 내버려뒀다가는 골치 아픈 상황이 벌어질 수도 있다는 예감이 든 까닭이었다. 내딛는 걸음에 속도를 더하는 순간이었다.

돌연, 에던의 걸음이 무거워졌다.

'이건?'

뜻밖에도 이미 합격진은 완성되어 있었다. 더욱 놀라운 건 그것은 순수한 기사들의 영역의 것이 아니었다.

'마법?'

어깨가 짓눌리는 느낌이었다.

치링…

문득, 저들이 검을 뽑아드는 게 보였다. 헌데, 거기서부터 흘러나오는 울림이 독특했다.

보는 순간 직감할 수 있었다.

'검…인가?'

주변을 에워싼 이 독특한 공기는 저들 검에서부터 발산되고 있는 것이다.

…치링…

검을 들고 한 차례씩 움직일 때마다 기이한 울림이 대기 중으로 퍼져나갔다. 이 갑작스런 공기변화와 기이한 울림에 잠시 놀라고 있을 때, 불청객들이 먼저 움직였다.

선수를 빼앗긴 것이다.

후우우웅…

눈 한 번 깜박이는 찰나, 이미 거리는 좁혀져 있었고, 간격은 저들의 검 끝에 지배받고 있었다.

이미 주변을 에워싼 기이한 흐름에서 저들의 검이 일반적인 것과는 다르다는 걸 알고 있었다.

일종의 마법검이라 할 수 있는 마도물품이며, 그것이

상당히 뛰어난 수준의 것이라는 부분까지 짐작할 수 있었다.

별빛 너머에 오른 에던의 발걸음이 이렇게까지 무거워졌다는 것이 그 증거였다.

그것만으로도 충분히 위협적이었건만 마법검의 위력은 거기에서 끝이 아니었다.

'이것…?'

아슬아슬하니 스쳐가는 검 날에 코끝이 베이며 핏방울이 튀었다.

좀 더 거리감을 두고 피했다고 여겼건만, 마지막 순간 기이한 흡입력이 작용하며 그를 끌어들였다. 혹은, 저쪽에서 다가온 느낌도 들었다.

'…보통 검이 아닌데.'

생각보다 더 거리감을 두고 움직여야 한다는 걸 깨달았다. 남다른 회복력으로 인해 코끝을 타고 흐르는 작은 핏방울을 끝으로 상처는 금세 자취를 감췄지만, 그 얼얼한 감각만큼은 여전히 남아서 정신을 일깨웠다.

'피곤하게 하네.'

게다가 문제는 그뿐만이 아니었다.

비록 상대가 30명이지만, 검의 간격을 생각해 봤을 때, 결국 한 명과 마주하는 건 기껏해야 6명 남짓 정도여야 정상이건만, 에던을 향해 쏟아지는 검격은 그 숫자를 한참 넘어서고 있었다.

물론, 그를 둘러싼 숫자는 일반적인 수준이었다. 하지만 공격은 적어도 스물 이상이 동시에 쏟아지고 있었다.

절묘하다고 해야 할까?

최전방의 공격진이 검격을 뿌릴 때, 그들 사이사이의 빈틈을 비집고 하나, 둘씩 검격이 더해지는 것이다.

전혀 다른 방향에서 같은 부위를 공격해 들어올 때면, 일순간 생각이 갈리며 판단력을 흐리기도 하는데, 그럴 때는 순수하게 감각에 의지한 대응을 보일 수밖에 없었다.

하지만 검의 기이한 흡입력과 어깨를 짓누르는 압박감으로 인해 감각마저도 일부 손실되는 경향이 있었다.

'확실히… 쉽지는 않네.'

개개인이 별빛에 닿아있는 실력자들이 별빛 충만한 괴력을 지닌 채, 괴이한 마도의 능력을 발휘하며 사방에서 압박을 더해온다.

초월자 한 명 정도는 가볍게 압살할 수 있는 그런 합격진이었다.

설령 루드말이라 할지라도 이 안에서는 제 힘을 낼 수가 없었을 것이다. 그저 버티고 또 버티다 허무하게 무릎을 꿇었으리라.

그만큼 위협적인 합격진이었다.

'하지만….'

에던에게는 큰 문제가 될 게 없었다.

'…몸이 좀 무거운 정도야.'

뜬금없지만 예전의 씁쓸하던 시절이 생각났다.

'오히려 예전과는 반대의 상황인가.'

과거, 오러홀이 파괴되어 제약이 걸렸던 것과 달리, 지금은 육체적인 제약이 걸린 상태였다.

물론, 오러홀이 파괴되었던 당시와 비교하기에는 무리가 있지만, 제법 묵직한 압박감에 그 같은 생각이 든 것이다.

'순수하게 육신에 의존하던 예전과 비교한다면, 이 정도쯤이야….'

게다가 지금은 오러를 발휘할 수도 있었고, 거기에 더해 마기 역시도 언제든 날뛸 준비가 된 상태였다.

과거에는 검 끝에 체중을 담기 위하여 온 몸으로, 근육의 비틀림을 최대한 활용해야만 했으나, 지금은 그저 오러의 흐름을 이끌고, 그 안에서 일어나는 내부의 탄력 또는 반동만으로도 충분히 괴력을 발휘할 수 있었다.

사납게 밀려드는 칼질에 슬쩍 몸을 빼낸다. 하지만 무거운 육신의 제약에 일말의 부족함이 있었다. 그 순간 오러가 내부에서 흐름을 잡아끌며 그의 육신을 한 차례 더 튕겼다.

찰나의 반동인지라 그 움직임은 크지 않았으나, 부족하던 간격을 채우기에는 충분했고, 그 작은 변화가 그를 위협 속에서 건져낼 수 있었다.

그 절묘한 동작에 불청객들의 눈가에 이채가 어렸다. 불가능할 것 같은 회피기에 놀란 것이다.

하지만 그들은 개개인이 뛰어나고 또 정통한 실력자였다. 당혹감에 검 끝이 흔들리는 일은 없었다.

오히려 더욱 날카롭게, 더욱 신중하게 날을 세울 뿐이었다.

사락…

무수히 많은 검광이 쇄도해 들어오지만, 그들의 격전은 더없이 조용하고 또 고요했다.

사각… 사락…

간혹 머리카락 혹은 옷자락이 칼날에 베이며 흩날리는 소음만이 공간을 울릴 뿐이었다. 숨소리마저 절제하고 움직임은 더욱 극도로 통제하는 까닭에, 언뜻 암살자들의 공부를 연상시킬 정도의 몸놀림과 검격이 이어지고 있었다.

그야말로 숨 막히는 공방이었다.

'조금쯤… 변화를 줘 볼까?'

생각과 동시에 에던의 양 손에 기이한 변화가 깃들었다. 그의 두 팔이 서로 다른 방향으로 움직이며 춤을 추기 시작한 것이다.

마치, 양 손이 각자의 생각으로 행동하는 것 같은 움직임이었다.

"헛…."

멀찍이서 지켜보던 루드말의 동공이 부릅떠졌다.

'저건… 정말, 말도 안 되는군.'

임기응변으로 내비치는 동작이 아니었다. 철저하게 양 손은 별도로 움직이며, 다른 춤사위를 펼치고 있었는데, 그 완성도가 너무도 높았던 것이다.

'…양손잡이였나?'

그렇다고 해도 저처럼 양쪽을 각기 따로 움직이는 건 또 이야기가 달랐다.

'허… 이거야 원, 아직도 숨겨놓은 게 저리 많을 줄이 야.'

이 역시 에던의 생존노하우 중 하나였다.

오른손잡이로 보이던 이가 왼손으로 발검하면서 선공 을 취하거나 반격을 하는 것, 생각지도 못한 공격은 언제 나 틈을 만들어내고 이는 즉 생존으로 연결되는 경우가 많았다.

에던은 거기서 한 걸음 더 나아가 양 손이 균일하게 움직 일 수 있도록 공을 들였다. 의외성으로 만들어낸 빈틈을 놓 치지 않기 위한 방편으로써, 왼손으로 잡은 기회가 오른손 으로 넘기면서 사라져 버릴 수 있는 까닭이었다.

물론, 양손을 별도로 사용한다는 건, 워낙에 쉽지 않은 공부인지라, 결국 단기결전의 승부에서 변칙적인 변수로써 사용하는 게 한계였지만, 지금은 과거와는 상황이 많이 달 라져 있었다.

별의 영역에 오르고 그 너머에 발을 들이면서, 그의 사 고도 한없이 넓어진 상태였다. 그로 인해 두 가지 동작을 한 번에 수행하는 일도 과거와 달리 크게 버겁지만은 않았다.

애초에 할 줄 몰랐더라면 모를까 과거에도 잠깐 정도는 운용할 수 있었던 만큼, 지금은 능숙하게 양손을 별도로 움직이는 게 가능했다.

오른쪽과 왼쪽이 각기 따로 행동하기 시작하면서 괴이한 자세가 형성되는데, 그로 인해서 불청객들이 점차적으로 당황하기 시작했다.

어지간하면 흔들리지 않을 것이나, 이번만큼은 그 여파가 컸던 모양인지 검 끝에도 옅은 떨림이 묻어나오고 있었다.

'오랜만이라서 왼손이 조금 둔한 것 같은데….'

에던 나름대로는 아쉬움이 있었지만, 당하는 입장에서는 별 차이를 느낄 수가 없었다.

당혹감에 취해 시야가 흐려진 이유도 컸다.

갑작스러운 변칙공격으로 인해, 30대 1의 대결이 단숨에 30대 2로 바뀌어버린 것 같은 착각마저 들었고, 그 여파로 손발이 더욱 어지러워지기 시작한 것이다.

'이럴… 리가 없는데?'

'우리가… 단 한명에게 밀린다고?'

불청객들의 동공이 불안하게 흔들렸다.

애초에 그들은 승리를 장담하고 나선 길이었다. 무려 서른의 버서커가 움직이는 임무였고, 거기에 더해 마도의 정수라 할 수 있는 보검까지 들고 나선 길이었다.

당연하게도 상대를 경시하는 마음은 없었다.

앞서서 이미 '전대'의 버서커들이 패배했다는 소식에 바싹 긴장감을 유지한 채 나온 길이었다.

치료실을 습격했던 이들은 사이람 아드레안과 동시대를 살았던 버서커들이었다.

완성도 부분에서는 그들이 조금 더 우위에 있으나, 사이람이라는 우월한 경쟁자와 함께 자랐던 까닭에, 그들의 실력은 특히 뛰어났었다.

그런 이유로 더더욱 경계심을 갖고 출발했다.

물론, 패배라는 단어에 대해서는 단 한 번도 떠올려 본 적이 없었다.

[서른의 버서커!]

아무래도 숫자가 숫자인 만큼, 그들에게는 승리가 당연하게 여겨졌다.

하지만 막상 상대와 마주하고 짧게나마 손속을 나누고 나자, 절대적인 승리의 이미지가 흐릿해지더니 점차적으로 사라져버렸다.

'이건, 무슨… 괴물인가?'

'…미치겠군!'

그들은 공통적으로 같은 생각을 떠올렸다.

[패배!]

당혹감에 손끝이 떨리고 검 끝이 흔들렸다. 상상도 못한 일이었다. 단 한명에게 이렇게까지 농락당하게 될 줄이야.

순간, 그들의 시선이 스치듯 교차되었다. 그리고 약속이나 한 듯, 한 목소리로 동시에 외쳤다.

"개방한다!"

그리고 전장에 서른의 짐승들이 풀려났다.

"쯧⋯."

에던이 짧게 혀를 차면서 자세를 고쳐 잡았다. 이미 치료실에서 저들의 변화를 겪어봤던 까닭에, 상황이 더욱 어려워질 것임을 짐작한 것이다.

우우우웅⋯

문득, 허리춤에서 느껴지는 진동에 에던이 시선이 내려갔다. 사자검이 자신을 뽑아들라며 울음을 토하고 있었다.

에던이 쓰게 웃으며 검을 다독였다.

"미안하다. 아직은 네가 나설 때가 아니야. 곧 기회가 올 테니까 조금만 더 기다려."

치료실에서와 마찬가지로 저들을 베어버릴까도 싶었다. 하지만 사이람과의 대화 이후, 한 줌 자비를 베풀기로 결정한 상태였다.

게다가 저들의 목에 지닌 값어치에 따라서, 그의 승리도 더욱 빛을 발할 것임을 알기에, 더욱 사자검을 뽑아드는 건 자제해야만 했다. 검의 욕망을 생각한다면, 필히 저들의 목숨을 취하게 될 확률이 높은 까닭이었다.

적당히 다독이며 진정시키는 게 최선이었다.

우웅… 웅… 우웅…

헌데, 평소와 달리 사자검의 반발이 심했다. 의아한 마음에 검을 잡아보는데, 그 순간 기이한 예감이 머리를 스쳐갔다.

"죽이지 않을 수 있다는 거냐?"

그건 마치 검의 목소리를 들은 것 같은 느낌이었다. 대화를 나눈 것도 아니었건만, 머릿속으로 뇌리로 그 의미가 전달되는 것 같달까?

기이한 현상이었으나 에던은 잠시 눈을 동그랗게 떴을 뿐, 짧게 고개를 끄덕이며 상황을 받아들였다.

[사자검!]

무려, 저 마계의 신이 직접 빗어낸 신물이었다. 전설 속에나 등장할 법한 예고가 담긴 무구와 같다고 볼 수 있을 것이다.

"살리면서 잡는다?"

불현 듯 떠오른 단어며 내용이었는데, 에던은 금세 그것이 사자검이 전한 의미라는 걸 깨달았다.

"크아아아아아-!"

문득, 서른의 짐승들이 사나운 기세를 뿜어내며 포효하는 게 보였다.

그와 동시에 밀려드는 짜릿한 마기!

불순물로 가득한 그 혼탁한 기운을 마주하는 순간, 에던은 사자검이 바라는 걸 이해할 수 있었다.

고민은 길지 않았다.

스릉…

사자검이 세상 밖으로 모습을 드러냈다. 그와 동시에 버서커들의 포효가 멎었다.

그 위로 덧씌워지듯 사자검의 울음성이 터져 나왔다.

우우우웅…

문득, 에던은 자신에게 부여된 사명을 하나 떠올렸다.

'심판자인가…'

한 걸음 내딛는 순간, 사자검의 울림이 멎었고, 기다렸다는 듯 광기에 취해버린 짐승들이 달려들었다.

그건 마치 공포에서 벗어나기 위한 발악과도 같았다.

'미쳐 날뛰는 것 같으면서도, 몸놀림은 뭐 이리 계산적이야.'

에던은 그들의 움직임에서 여전히 합격진이 유지되고 있음을 알았다. 비록 광기에 물들었다고는 하나, 그럼에도 불구하고 유지될 수 있도록 훈련을 받아왔기 때문이었다.

게다가 언뜻 동공이 풀린 듯 보이는 모습이지만, 분명 그들에게는 희미하니 이지가 남아있었다.

동작 사이사이 의미가 깃드는 것 그런 이유에서였다.

"하지만… 부족해!"

이미 사자검과 함께 각성의 공간 속으로 빠져든 에던이었다. 예지의 영역에서 이미 한 걸음 앞서가는 그의 움직임은 정확히 저들의 틈 사이로 궤적을 그리며 지나갔다.

"끄득…."

전방 두 명의 목 위로 희미하니 붉은 실선이 새겨졌다.

'베었다!'

허나, 그들의 호흡은 가르지 않았다.

'삼켰나?'

사자검은 그들에게서 뿜어져 나오는 기운, 마기를 베고 또 취했을 뿐이었다.

목 언저리의 상흔은 최후를 취할 수 없는 아쉬움의 표현이었다.

'그렇다고 거기다 침을 발라놓냐.'

에던이 쓰게 웃으며 다시금 검을 휘둘렀다. 아직도 스물여덟의 짐승들이 남아있었고, 사자검은 여전한 굶주림에 포효하는 중이었다.

찰나의 순간, 두 명의 동료가 무너지는 모습을 본 까닭일가?

그저 미쳐서 달려들 것만 같던 짐승들의 걸음이 그 자리에 고정되듯 박혀들었다.

"크르르르…."

이성적 사고가 남아있기는 하나, 야성에 깊게 물들어버린 듯, 그들의 입에서는 끊임없이 짐승의 울음소리가 흘러나오고 있었다.

하지만 그 눈빛을 나누는 모습에서는 분명 생각의 교류가 이어지고 있음을 느낄 수 있었다.

그렇잖아도 에던에게서 공포심을 느끼고 있던 까닭인지, 그들의 눈빛에는 두려움이 깃들어 있었는데, 이번 한 번의 칼질에 그들의 경각심이 극에 달한 것이다.

"안 오면 내가 가야지."

하지만 에던은 기다려 줄 생각이 없었다.

성큼, 조금은 가볍게 한 걸음 내딛었다고 여긴 순간, 이미 그들의 코앞이었고 검 끝은 어느새 새로운 궤적을 그리며 목표물을 향해 비상하고 있었다.

서걱…

앞서의 경험 덕분일까?

바싹 긴장하고 있던 까닭인지, 아슬아슬하게 에던의 검은 목표한 바를 이룰 수 없었다.

하지만 그렇다고 실패를 의미하는 건 아니었다. 절반의 성공이라고 해야 할까?

휘청…

아슬아슬하니 칼날을 피했다고 여긴 야수의 무릎이 잘 휘어진 낫처럼 꺾였다. 통제를 벗어난 듯 말을 듣지 않는 육신의 반항에 당황한 모양인지, 흐릿한 동공이 정처 없이 맴도는 게 보였다.

분명, 피하기는 했지만 궤적에서 온전히 빠져나올 수는 없었고, 사자검은 스치듯 지나가는 그 잠깐의 마주침을 통해서 야수의 광기를 일부분이나마 빨아들인 것이다.

짧은 만남이었던 만큼, 흡입량도 적었으나 상대에게는 생경한 경험이었고, 그것만으로도 찰나의 빈틈을 설계하기에는 충분했다.

서걱!

에던의 검이 재차 궤적을 그리고, 핏빛 실선이 또 한 번 목젖 위로 타고 흘렀다.

"계속 뒷걸음질만 칠 생각이냐?"

무너져 내리는 동료의 어깨 너머로 던져지는 에던의 도발에, 그제야 그들은 자신들이 물러서고 있음을 깨달았다.

버서커의 운명을 받아들이며 공포심에 집어삼켜지는 것만큼은 용납할 수 없다 여긴 까닭일까?

그들의 얼굴 위로 은은한 노기가 피어오르기 시작했다. 어차피 광기에 물들어 일그러진 표정인지라, 그 섬세한 변화는 파악하기가 어려웠지만, 어째서인지 에던에게는 그런 느낌이 전해져왔다.

"오라니까."

에던의 손이 앞뒤로 까딱여지는 순간, 마지막까지 남아있던 한 줄기 이성이 결국 그들의 등 뒤로 숨어버렸다. 공포심을 지우기 위한 최후의 방편으로써, 그들은 철저히 미쳐버리기로 한 것이다.

그리고 이는 최악의 결말을 낳고야 말았다.

"단순하기는…."

짧은 중얼거림과 함께 에던의 검이 궤적을 그리고 사자 검의 유희가 시작되었다.

이성적인 부분이 존재하기에 '판단'할 수 있었고, 그 때문에 위험에서도 한 걸음이나마 멀어질 수 있던 것이건만, 이러한 부분을 버림으로 인해, 그들은 사지를 향해 몸을 던지는 걸 멈출 수가 없었다.

"차라리 이럴 거면, 맨 정신으로 끝까지 가는 게 나았을 텐데."

그 같은 평가와 함께 에던은 가차 없이 검을 휘둘렀다.

사실, 야성의 감을 따른다면 저들은 오히려 위협에서 한 걸음 멀어져야 옳기는 했다. 하지만 위협에 뛰어들기 위한 방편으로 이성을 버린 것이기에, 그들은 물러서지 않았고 피할 수 없었다.

그렇게 전장은 허무하게 막을 내렸다.

허나 시시했다는 건 아니었다.

적어도,

'역시… 저분밖에 없다!'

그라넥의 입장에서는 더없이 황홀하며 자극적인 하나의 작품을 보는 것과 같았다.

에던과 대치하고 있는 이들의 정체에 대해서는 알지 못한다. 단지, 그의 뛰어난 머리로 짐작건대 아드레안과 깊은 관련이 있을 거라 여겼다.

뿐만 아니라 아주 특수한 비밀 전력이라고도 짐작할 수 있었다.

그렇지 않고서야 아드레안 검가에서 평기사의 수준을 넘어, 나름 경지를 이뤘다고 여기는 그의 눈으로도 저들의 동작을 제대로 쫓을 수가 없다는 게 말이 안 됐다.

때문에 더욱 놀랍고 또 감동적인 것이다.

'보인다!'

놀랍게도 에던의 검은 그의 육안으로도 확실히 볼 수 있던 까닭이었다.

저 괴물 같은 습격자들의 빛살과도 같은 속도를 헤집고 있는 검격이건만, 그의 시야에 뚜렷이 잡히고 있는 것이다.

뿐만 아니라 그 검격의 흐름 역시도 눈에 그려졌다.

'아… 이럴 수가….'

그는 에던이 내린 과제로 인해 일백 종류의 기본 검술을 머릿속에 담아야만 했다. 중간에 부친이 개입하면서 그 숫자를 전부 채울 수는 없었지만, 그래도 80종류는 담아냈다고 자부했다.

게다가 갇혀있는 시간동안 이를 열심히 체득시킨 덕분에 조금이나마 깨우친 부분들도 있었고, 그로 인해 에던이 펼쳐 보이는 흐름들에 그 모든 기본 검술의 정수가 묻어나오고 있음을 짐작할 수 있었다.

어찌 저 단순하고도 간단한 검술들이 저 같은 결과를 만들어 내는 것인지는 모른다.

하지만 분명 거기에는 그가 바라던 '이상의 검' 혹은 '환상의 검'이 담겨있다는 것 정도는 알 수 있었다.

가슴이 달아오르고 심장이 뛰었다.

'역시… 역시, 저분밖에 없다!'

두 눈 가득 의지를 불태우며 다시금 전진했다. 잠시 전장의 분위기가 환상적인 검의 유희에 취해서 걸음을 멈췄지만, 아직 상당한 거리가 있는 까닭에, 그들에게 다가가기 위해서는 바삐 뛰어야만 했다.

하지만 그 순간 전장을 마무리 지은 에던이 훌쩍 신형을 내던지며 멀어지는 것이 아닌가.

그 뒤로 루드말이 급히 따라붙는 게 보였다.

"으음…."

이곳까지 뛰어오느라 이미 지칠 대로 지쳐버린 상태였기에, 저 갑작스러운 이동과 그 속도에 무릎이 풀릴 뻔 봤다.

하지만 앞서 보았고 취해버린 이상의 궤적이 잔상처럼 눈가에 아른거리며, 흔들리는 그의 다리를 바로잡고 의지를 굳건히 세워줬다.

'따라잡는다!'

이를 악 문 그가 다시금 달음박질을 시작했다. 방향은 정확히 에던과 루드말이 향한 곳이었다.

어느새 점이 되어 멀어지고 있는 그들의 뒷모습을 바라보며, 바삐 달리고 또 달려야만 했다.

패배?

작게나마 생각 정도는 했었다.

'그들이 당했을 정도니….'

치료실의 사건이 있는 까닭에, 조금쯤은 염두에 둘 수밖에 없었다. 특히, 그들이 사이람과 동시대의 인물들이기에 실력 면에서는 버서커들 중에서도 가장 뛰어나다 할 수 있었기에, 자그마한 우려 정도는 하고 있었다.

하지만 그보다 우선하는 건 하나였다.

승리!

치료실을 습격했던 이들의 배에 달하는 서른의 버서커였다. 게다가 실력에서 조금 처진다고는 하나, 그 차이는 극히 미세한 정도일 뿐이었다.

거기에 더해 가문에서 심혈을 기울여 만들어낸 마도의 보검까지 들고 나간 참이었다.

버서커의 광기 속에서 마지막 의지를 잡아주며, 야성과 이성의 환상적인 조합을 가능하게 만드는 가문의 보물이었다.

미세한 차이를 뛰어넘고, 오히려 우위를 점하기에 충분할 터였다.

그럼에도 불구하고 결과는 최악이었다.

"하…."

믿기 어려운 보고에 헛웃음이 먼저 나왔다. 그 숨결에 정신마저 일부 딸려나가 버린 듯, 그렇게 한참을 멍청하니 보고서만 바라보고 있어야 했다.

"에던 운트!"

보고서를 화려하게 장식하고 있는 그 이름을 입안에 굴리면서 점차적으로 정신을 바로잡았다.

"진정… 괴물이군."

그 말밖에 할 말이 없었다.

"하긴, 형님마저도 패퇴시켰으니."

사이람이 스스로 밝힌 부분이기 때문에 더 이상 이 부분에 대해서는 의문을 가질 필요가 없었다.

물론, 버서커들의 패배와는 그 의미가 다르기는 하지만, 기존의 버서커들과 새로이 완성도를 높인 버서커들까지 압도하는 사이람의 존재를 떠올려 봤을 때, 그의 패배만으로 이미 충분히 '괴물' 이라는 단어에 합당하다 할 수 있었다.

아드레안의 대표자들 중 한명이 이처럼 인정한다는 건, 진정 대륙의 역사에서도 다시 나오기 힘들 손꼽히는 실력자라는 의미이기도 했다.

"인정할 수밖에 없군."

사이람이 언급했던 이야기가 스쳤다.

[그는 건드리지 않는 게 좋을 거다.]

납득하기 싫었던 결과에 무시하며 버서커를 내보냈고, 결국 쓰라린 결과로써 그에게 돌아왔다.

더욱 충격적인 건 결과 속에 '생존'이 포함되어 있다는 점이었다.

'설마… 그들을 살려서 쓰러트렸을 줄이야.'

그것은 결국 '제압'이라는 의미였고, 에던의 실력이 상상했던 것에서 더욱 윗자리에 있다는 뜻이기도 했다.

애초에 상상 자체가 안 되기도 했다.

'별빛 너머라….'

오르질 못했기에 떠올릴 게 없었다. 물론, 한 명쯤 생각나는 존재가 있기는 했다.

[유령왕!]

트로간의 뿌리이자 버서커라는 희대의 걸작을 탄생시킨 그들 일족의 '전설'이 바로 그 '한 명'이었다.

하지만 마주할 기회가 터무니없이 적은 까닭인지, 그로 인해서 발휘하는 상상력에도 분명한 한계가 있었다.

"설마, 그분과 동급일리는 없겠지."

짐작건대 트로간 혹은 아드레안의 역사 그 이전부터 존재해왔다고 여겨지는 살아있는 전설이었다.

'…살아있는?'

이 부분에서 한 차례 의문을 느꼈지만, 이내 고개를 절레절레 저으며 이에 대한 생각을 털어냈다. 생각해봤자 그로써는 결코 답을 내릴 수 없는 까닭이었다.

"별빛 넘어라… 에던 운트, 적어도 그분의 등 뒤에 설 만한 위치는 된다는 건가."

여기서 또 한 차례 의문이 떠올랐다.

'그렇다면… 형님은?'

그 스스로가 직접 밝힌 건 아니었다. 하지만 앞서 다녀왔던 그의 수련장에서 에던과 사이람의 격전의 흔적을 봤고, 또 읽었다.

거기에는 분명 아드레안의 검술이 가득 담겨있었다.

그리고 그 흔적들은 분명 아득한 영역 너머의 환상과도 같은 미지의 힘을 내포하고 있었다.

때문에 의문을 떠올리고 또 의심을 하게 되는 것이다.

'어쩌면… 형님 역시도 별빛 너머에 올랐을지도….'

그런 이유로 의문이었다.

'하지만 별빛 너머에 이르렀다면, 저런 모습일 리가 없을 텐데.'

물론, 지금처럼 광기가 겉으로 드러나지는 않을 것이다.

하지만 거친 모습들이 두드러지고, 진정 왕좌에 어울리는 오만함을 두르게 될 터였다.

'분명… 그래야만 하는데?'

그가 전해 받았던 내용과는 전혀 다른 변화였다.

'모르겠군… 으음!'

모를 일이었다.

'일단, 지켜봐야 하나? 아니면….'

빠르게 답을 구하고자 한다면 방법이 전혀 없는 건 아니었다.

'…그분에게 연락을 취해야 하나?'

유령왕의 모습이 떠오르며, 한 줄기 두려움이 동공에 서려갔다.

'으음….'

고민이 그의 뇌리를 쉴 새 없이 헤집었다.

❖ ✛ ❖

바삐 걸음을 놀리는 와중에도 틈틈이 고개가 뒤로 돌아간다. 상황의 특이성에 의해 어쩔 수가 없이 나오는 자동적인 반응이었다.

"저대로 계속 따라오게 내버려 둘 생각인가?"

루드말은 그처럼 물으며 뒤편을 바라봤다. 아슬아슬하니 걸쳐있는 시야의 경계선상에 자그마한 점 하나가 꾸준히 따라붙는 게 보였다.

[그라넥 프릭셀!]

아드레안의 문제아라고 불리는 그 사내였다.

"뭐… 지치면 알아서 떨어져 나가겠죠."

에던은 그리 대답하며 어깨를 으쓱거릴 뿐이었다. 루드말은 말과 행동이 안 어울린다는 생각을 했다.

'그럴 거면 확실히 떨어지게 속도를 낼 것이지.'

기이하게도 에던은 어중간한 속도로 이동을 하면서 아슬아슬하게 그라넥이 붙을 수 있는 여지를 남겨놓고 있었다.

'이건, 마치….'

시험하고 있는 느낌이었다.

그들은 오랜 여정을 대비하여 나름 먹을거리를 비롯한 각종 물품들을 챙기고 이동하는 중이었다.

물론, 별의 영역에 이른 덕분에 최소한의 식량과 장비만으로도 충분히 긴 여정을 버틸 수 있는 까닭에, 실질적으로 짐은 그리 많지가 않았지만, 어쨌든 여행을 위한 준비가 갖춰진 상태였다.

하지만 그라넥은 전혀 달랐다.

에던 일행이 떠났다는 이야기에 급히 달려 나오느라 제대로 챙기질 못한 것이다.

물론, 가문의 지원을 받기 어려웠던 까닭에, 챙기려 해도 상당부분 제한적이었겠으나, 지금은 그마저도 없는 상황이었다.

여름이라는 계절에 걸맞게 내리쬐는 태양이 생각 이상으로 뜨겁고, 쉴 새 없는 뜀박질에 육신은 더욱 무거울 것이며, 정신은 더더욱 늘어질 터였다.

차라리 에던의 모습이 멀찌감치 보이지도 않을 만큼 쾌속하게 시야에서 사라져 버린다면, 눈물을 머금게 되더라도 포기해버렸을 것이다.

하지만 아슬아슬하니 뒷모습을 남기며 나아가는 모습에, 이를 악 물고 따라붙을 수밖에 없었다.

그래서일까?

'시험이다!'

그라넥은 이를 에던이 내리는 시련이라고 여겼다.

이는 루드말 역시도 마찬가지였고, 때문에 이처럼 주기적으로 한 번씩 물을 수밖에 없었다.

'저러다 객사라도 하면… 피곤해지는데.'

비록 아드레안의 문제라 불린다지만, 그들의 후계권을 지닌 존재들 중 한명이었다. 최악의 사태가 발생한다면 진정 '사건'이 되어버릴 것이고, 이는 '사고'를 불러올 수도 있었다.

물론, 그게 두렵다는 건 아니었다.

'하지만… 귀찮아지겠지.'

작게 한숨을 내쉬던 그의 시선이 제자리로 돌아와 전방으로 향했다. 이번에는 시야의 경계선 너머, 감각의 경계선 끝자락으로 향한 것이었다.

잠시 그곳으로 시선을 두던 루드말이 재차 물음을 던졌다.

"그런데… 이쪽 방향으로 계속 갈 생각인가?"

"예."

에던은 짧게 답했다. 루드말의 눈가에 옅은 주름이 새겨졌다.

후미에 따라붙는 그라넥과 마찬가지로, 전방에도 상당히 귀찮은 말썽거리가 깔려있는 까닭이었다.

'모르는 건 아닐 텐데.'

루드말이 눈살을 찌푸리며 입을 열었다.

"…저 앞은 한창 전쟁 중이네."

에던이 가볍게 어깨를 으쓱였다.

"그러게요. 지나는 길에 전쟁터가 있는 모양이네요."

능청스러운 그 대답에서 왠지 숨겨진 의도가 있음을 짐작할 수 있었다. 루드말이 의문 가득한 얼굴로 에던을 바라봤지만, 그는 여전한 태도로 어깨만 으쓱거릴 뿐이었다.

❖ ✛ ❖

사실, 대륙 전체적으로 전쟁의 분위기가 뻗어나가고 있었지만, 의외라고 해야 할까?

전체적으로 공기가 달궈진 건 아니었다.

마치, 주변 분위기에 떠밀렸다는 듯, 그렇게 한쪽 다리만 걸친 느낌으로 전쟁을 이끌어가는 왕국들이 여럿 있었다.

데헤란 왕국과 이그릿산 왕국이 거기에 속했는데, 그들이 전쟁을 벌이게 된 이유는 사실 별 것 아니었다.

약간의 자존심싸움과 그에 따른 조금의 출혈이 대형사건으로 번진 격이었다.

사실, 이는 칠성좌에서 조장한 분위기였고, 결국 그렇게 될 수밖에 없도록 이끈 것이었지만, 애초에 적잖은 눈치싸움을 벌여왔던 두 왕국의 입장에서는 이를 눈치 채기가 어려울 수밖에 없었다.

알고 있었다고 하더라도 전쟁 초반의 분위기나 그 공기만큼은 분명 '진짜'였기에, 등을 떠밀었음을 알더라도 그대로 전진했을 것이다.

하지만 전쟁이 조금씩 길어지는 기미가 보이고, 점차적으로 지체되는 경향이 비쳐지자, 그들 역시도 장기적인 흐름에 대비할 수밖에 없었고, 이성적인 판단력을 우선시하는 한편, 감정적인 부분을 철저히 배제하는 시점까지 이르렀다.

그래서일까?

두 왕국은 지금 상황에 대한 의구심을 느끼고 있었고, 점차적으로 전장에서 발을 빼고자 하는 모양새를 갖춰가는 중이었다.

물론, 그렇다고 해서 당장 전쟁이 멈추는 것도 아니었다. 애초에 두 왕국의 합의만으로는 멈출 수도 없었다.

주변국과의 동맹 때문이었는데, 이 역시도 칠성좌가 의도적으로 만들어낸 구도였다. 한 번 발을 들이면 절대 빠져나갈 수 없도록, 철저히 그들을 엮어놓은 것이다.

결국, 그렇게 서로의 눈치를 보느라 빠져나오기가 힘들었고, 어중간한 위치에서 일단 소모전의 형태를 갖춰나가는 중이었다.

하지만 당연하게도 최전방은 그 같은 사정들에도 불구하고 치열하고도 잔혹한 혈전이 이어질 수밖에 없었다.

어찌 되었건 전쟁이었고 전장인 까닭이었다.

그렇다고 해서 상부의 의지와 전혀 상관없이 흘러가는 건 아니었다.

앞서 언급했듯, 말 그대로 '소모전'의 양상을 유지하며, 그들 나름의 눈치를 보는 분위기를 이어나가는 것으로써, 최전방의 공기는 그야말로 극과 극으로 나뉠 수밖에 없었다.

피를 튀기는 전장과 방관하는 지휘부!

실질적으로 전쟁은 '병사'들만의 전장이 되어 있었고, 그들의 피가 진하고 또 잔혹하게 대지를 적시는 중이었다.

병사들은 대부분 각 왕국에서 징병당한 이들이었지만, 개중 몇몇은 계약을 통해 투입된 이들도 있었다.

[용병!]

전장과는 떼려야 뗄 수 없을 정도로 친숙한 이들이 바로 그들이었다.

물론, 최근에 들어서는 그 의미가 많이 바래져버린 경향이 있기는 했다. 아무래도 용병왕의 등장과 그의 외침에 의해, 많은 용병들이 전장에서 발길을 돌린 까닭이었다.

게다가 용병왕이 직접 길드를 방문하며, 용병들을 강제하는 이들을 징치하니, 더더욱 전장에서 용병들의 얼굴을 보기가 어려워진 건 분명한 사실이었다.

하지만 그럼에도 불구하고 여전히 전장에 머무르는 용병들이 존재했다.

개인적인 사정으로 전쟁에 뛰어드는 용병들이 대표적으로 거기에 포함되는데, 아무래도 시국이 시국인 다른 전장보다 더욱 많은 돈을 만지는 게 가능한 만큼, 자의에 의해서 뛰어드는 이들에 적지 않았다.

그러나 이런 부분들을 조작해서 의도적으로 '자의'를 조장당하며 전장으로 내몰린 용병들도 적지 않았다.

앞서 용병왕의 외침이 그들의 전장출입을 제한하는 것이라고는 하나, 거기에는 자의와 타의에 대한 부분을 중점적으로 건드리고 있었고, 때문에 이 같은 허점을 파고들며 나름대로 최소한의 안정장치를 해 놓은 것이다.

그렇게 슬금슬금 고개를 수그리고 있던 길드들이 다시금 하나 둘 전장에 고개를 들이밀기 시작했고, 그렇게 조금씩이나마 전장에서 용병들의 존재감을 인지할 수 있었다.

물론, 조금이라고 했으나, 왕국 간의 전쟁이니 만큼, 그 넓은 전장을 살피고 세세히 분류를 한다면, 결국 그 숫자는 결코 만만치 않을 수밖에 없었다.

그리고 이러한 용병들의 전장에도 또 한 번 '분류'가 나눠지고는 했다.

병사들과 함께 피비린내 나는 전장의 혈풍 속으로 뛰어드는 이들과 한 걸음 물러나서 지켜보는 이들.

대개, 그 같은 이들은 '특급'이라 분류되며 용병들 중에서도 위치가 높은 이들이었는데, 그러한 '위치'의 기준에서 봤을 때, 특급이 아님에도 그 같은 자리에 서 있는 용병들이 여럿 존재했다.

바칼렉산 길드의 바셰일도 그런 경우였다.

특급이라고 불리지는 못하겠지만, 길드라는 이름을 등에 업은 채, 나름 떵떵거리는 위치에 있는 용병인 것이다.

때문에 이곳 최전방의 전장에서도 반걸음 정도는 물러난 곳에 자리를 잡고 느긋이 전쟁을 관람할 수 있었다.

스스로의 위치를 알기에 적어도 이곳에서만큼은 그는 제법 떵떵거리는 위치에 있었다.

"바칼렉산 길드의 바셰일인가?"

때문에 갑작스레 나타난 사내의 물음에 불쾌해질 수밖에 없었다. 특급이라 불리는 이들도 길드의 이름으로 인해 그에게 함부로 말을 놓지 못하는 까닭이었다.

"처음 보는 녀석인데, 나를 아나?"

그 순간 사내의 검이 휘둘러졌고, 뜨거운 핏물이 뜬금없는 장소에서 피어올랐다.

전장이라는 공간인 만큼 피비린내에 당연시 되다지만, 그 농도만큼은 위치에 따라 달라질 수밖에 없었다.

그런 의미에서 이곳은 전장의 최전방이 아닌 반걸음 이상 물러난 지역이었다.

때문에 핏빛 기류에서도 상당부분 동떨어진 곳이기도 했다.

헌데, 그 같은 장소에서 때 아닌 짙은 혈향이 풍겨나고 있는 것이다.

차차차차차차창…

그와 동시에 사방 가득 뽑혀드는 검의 울음소리가 들려왔다. 갑작스레 풍기는 진한 혈향에 저들도 이제야 깨달은 것이다.

하나같이 특급 혹은 거기에 비슷한 위치에 도달해있는 용병들이건만, 바로 곁에서 죽음이 피어나기 전까지는 상대를 알아채지 못했다.

흔들리는 검 끝은 그들의 당혹감을 내비치고 있었다.

"누구냐?"

마치, 약속이나 한 듯 그렇게 외치며 사내를 노려본다. 당혹감 그리고 일말의 두려움이 피어나지만, 그들은 뛰어난 용병들이었다.

공포심에 숨죽이기보다 성난 외침을 내지르는 법 정도는 익히고 있는 것이다.

하지만 사내는 짧은 한마디로 그들의 숨겨진 공포심을 끌어올렸다.

"에던 운트."

간략한 대답이었지만 그것으로 충분했다. 그들의 눈이 일제히 한 번씩 깜빡인다. 생각에 빠져든 것이다. 그리고 두 번째의 깜빡임이 끝났을 때, 또 다시 약속한 것처럼 동시에 눈을 부릅뜨는 게 보였다.

"용병왕!"

"미… 미친!"

믿기 어려운 이야기에 욕지거리도 제법 튀어나왔다. 하지만 에던의 검이 한 번 더 움직였을 때, 그들은 납득해야만 했다.

서걱…

저 멀리 한참이나 떨어져 있던 사내의 목이 허공으로 솟구치고, 육신은 바닥으로 무너진 것이다.

"리드리프 기사단의 아살탁."

에던은 사내의 이름을 입에 담고, 그 죄목을 간단히 이어 붙였다.

"용병들을 강제한 죄. 사형!"

그리고는 또 다시 검을 휘두른다.

"베스테란 길드의 라사이든. 레덱 길드의 브랙…."

죄목은 앞서와 같았고, 그렇게 수차례 짙은 죽음의 향기가 전장의 외곽 한편을 부유했다.

그 즈음해서 새로운 인물들이 모습을 드러냈다.

"누구냐? 누가 감히, 이곳에서 난동을 부리는 것이냐!"

그들은 일단의 무리들이었는데, 입고 있는 복장을 통해 상대가 기사라는 걸 확인했고, 앞서서 외친 이의 연령과 주변을 에워싼 분위기와 흐름 등을 통해, 목소리의 주인이 제법 높은 위치에 있다는 것까지 짐작할 수 있었다.

앞서의 대답을 한 차례 더 입에 담았다.

"에던 운트."

역시나 이번에도 짧지만 파급력이 컸다.

"용병왕!"

기사들의 어깨가 흔들리는 게 보였다. 검 끝도 동시에 흔들리는데, 가장 앞장서서 에던에게 외쳤던 중년의 기사만큼은 처음과 같이 변함이 없었다.

"믿을 수 없다!"

"그렇겠지."

고개를 끄덕인 에던이 짧게 검을 흔들었다. 그 순간 기이한 대기의 흐름이 일렁이는가 싶더니, 중년기사의 어깨 위로 옅은 검상이 새겨졌다. 만약 갑옷을 입고 있지 않았더라면, 정확히 그 부위에 치명적 상흔이 새겨졌을 깊이었다.

허나 중년기사의 표정은 여전히 흔들림이 없었다.

'보통은 아니군.'

생각보다 굳건한 중년기사의 모습에 에던의 눈가에 이채가 스쳤지만, 그렇다고 해서 오히려 그가 흔들릴 생각은 없었다.

"이 정도로는 믿기가 어렵나?"

짧게 물으며 재차 검을 휘두르는 에던의 모습이 보였다. 하지만 이번에는 아무런 변화도 없었다. 그저 말 그대로 가볍게 검을 흔든 것뿐이었다.

중년기사의 눈매가 얇아졌다가 다시 펴졌다.

"믿지."

그리고는 다시금 물음을 재개했다.

"이그릿산 왕국의 진영에서 행패를 부리는 이유가 뭐지?"

"내 말을 개소리를 여기는 놈이 있어서. 지나는 길에 잠깐 벌 좀 주고 가려고 들렸지."

"하…."

순간, 중년기사의 헛웃음소리와 함께 서늘한 한기가 피어났다. 그의 얼굴에 일렁이는 건 분노였다.

상대가 초월자라 불리건 뭐건 신경 쓰지 않는다는 태도였다. 그 부분에서 에던은 또 한 번 감탄했다. 그와 동시에 중년기사의 정체도 짐작할 수 있었다.

'세트로판 남작인가.'

그 작위는 그리 높지 않으나, 개국공신의 가문으로써 대대로 이그릿산의 국경을 지키는 가문 중 하나였다.

언급되었듯 낮은 작위로 인해, 외곽으로 내몰린 경향이 있었고, 지금처럼 전장의 최전방의 영역을 주 무대로 활동하고는 했는데, 그 때문인지 젊은 시절부터 넘치는 패기 너머로 노련한 경험까지 쌓아올리며, 이곳 이그릿산 주변에서는 상당한 명성을 떨치는 사내였다.

낮은 작위임에도 불구하고 그의 앞에서는 고위 귀족들도 섣부른 발언을 삼간다는 소문마저 존재할 만큼, 이그릿산에서 그의 위치는 작위만으로 판단할 수 없을 정도였다.

이 모든 설명은 루드말에게 들은 것이었는데, 레드문을 통한 것이 아니다보니, 그 외형에 대해서는 정확한 설명이

181

부족했고, 당연히 그 이미지를 쉬이 떠올리기가 어려울 수밖에 없었다.

하지만 그럼에도 불구하고 루드말은 굳이 별도의 설명을 더하지는 않았다.

[만나보면 알 거야.]

진정, 그 말 그대로라고 여겼다. 짧은 만남이지만 한 눈에 상대의 비범함을 알아 볼 수밖에 없었다.

'호랑이 같은 기사군.'

고개를 끄덕이는 그를 향해 중년기사, 세트로판 남작이 재차 입을 열었다.

"그대가 왕이라고 불린다는 걸 들었다. 주변에서 그렇게 떠받들어 주니, 이그릿산 왕국이 우습게 보이는 모양이군."

언뜻언뜻 비치는 노기는 대답여하에 따라서 언제든지 달려들 거란 예감을 들게 만들었다.

상대가 초월자라는 걸 알고 있음에도 저 같은 태도를 보인다는 부분이 연신 감탄케 했으나, 이를 겉으로 드러내지는 않았다.

물론, 세트로판 남작이 그의 이야기를 믿지 않는다는 가정도 해야겠으나, 그럴 가능성은 낮다고 여겼다.

짧은 순간에 보여줬던 아주 가벼운 검격이지만, 그 안에 담긴 깊이는 실로 무거웠고, 세트로판 남작쯤 되는 실력자라면, 그 안에 담긴 진정한 의미를 모를 수 없을 터였다.

그럼에도 불구하고 저 같은 모습을 보인다는 건, 나름대로 대단하다 할 만한 부분이었다.

때문에 에던은 좀 더 깊은 부분까지 대답해 줄 마음이 들었다.

"재해라는 말 알지?"

세트로판 남작의 얼굴에 의문이 떠올랐다. 갑작스레 저 같은 이야기를 하는 의중을 추측하고자 머리가 돌아갔다. 하지만 스스로 결론을 내리기도 전에 에던이 먼저 답을 꺼내버렸다.

"나를 재해라고 생각하는 게 편할 거야."

오만한 대답이었다.

하지만 이어진 광경은 결코 거기에 부족함이 없었다.

4. 재해.

4. 재해.

그야말로 상상을 넘어서는 행동이었다.

'전장에 난입이라니.'

무려, 왕국 간에 벌어지는 전쟁터였다.

'제정신으로 할 짓은 아니지.'

루드말은 그 본인도 젊은 시절에 말도 안 되는 행동들을 적잖이 저질러 왔다는 걸 알지만, 지금 에던이 보여주는 것만큼 말도 안 되는 행동을 보인적은 없다고 여겼다.

대뜸 전장 외곽에 끼어드는가 싶더니, 그 길로 전장의 험악한 기류 속을 헤엄치듯 거슬러 오르며 이동에 이동을 거듭하는 것이 아닌가.

이 부분에서 한 차례 탄성을 내지르고야 말았다.

황당한 그의 행동에 놀라면서도, 그가 보여주는 움직임에 매료되어 버린 것이다.

별의 영역에 이른 그로 하여금 이 정도의 감정을 느끼게 만드는 그런 특별한 움직임이었다.

사실, 생각해보면 별 것 없는, 오히려 볼 품 없는 걸음걸이라 해도 틀리지는 않았다. 하지만 그 이동의 동선이 실로 인상적이었다.

시야의 사각!

저 어지러운 전장의 흐름 속에서, 놀라울 만치 정확하게 시야의 사각만을 파고들며 움직인 것이다.

감탄사가 절로 나오는 그런 이동이었다.

'나 역시도 놓칠 뻔 봤으니.'

암살자라 해도 믿을 것 같은 그런 움직임이라 할 수 있었다.

그래서일까?

에던이 바라던 목적지에 다다르는 그 순간까지, 에던의 손끝에는 피 한 방울 묻지 않았다. 그저 산책하듯 그렇게 느긋이 전장을 거닌 것이다.

루드말은 별의 영역에 오른 그의 감각을 전력으로 활용한다 할지라도 저 같은 움직임은 불가능할 거라 여겼고, 그 때문에 더더욱 감탄할 수밖에 없던 것이다.

"별빛 너머인가…."

'아니다!

그것만으로는 설명할 수 없다는 걸 오래지 않아 깨달았다.

'…그렇다면?'

잠시간의 생각 끝에 떠오르는 건 하나였다.

과거, 에던이 어떤 삶을 살아왔는지 단편적으로나마 들은 것들이 있었다. 최초 에던과의 연결점이 되었던 아들에게 들었던 내용, 그리고 지금도 연결되어있는 딸아이의 이야기가 종합되면서 그려지는 그림이 있었다.

전장!

그리고 전쟁터!

이곳이야말로 에던의 인생이 살아 숨 쉬던 곳이었다. 죽음으로 말미암아 생을 환영하던 장소이며, 에던 운트라는 이 시대의 용병왕이 탄생의 준비를 마쳤던 공간이었다.

"집…인가…."

그에게는 어찌 보면 제 안방과 같은 장소일 터였다.

실제, 과거에도 에던은 시야의 사각으로 움직이는 게 가능했다.

별빛을 얻고 그 너머에 이른 지금과 달리, 오러도 없이 인간 한계의 벽 앞에 허우적대던, 그런 순수한 육체적인 능력에만 의존해야 하던 무렵에도 에던은 전장을 제 집처럼 헤엄쳐 다녔다.

단지, 차이가 있다고 한다면, 과거에는 땅바닥을 기어 다니는 뱀과 같았으나, 지금은 당당히 두 발로 서서 걸을 수 있다는 점이었다.

"허… 저건, 내게는 결코 불가능하겠군."

루드말은 혹여 그가 별빛 너머에 오른다 할지라도 저 같은 움직임은 이루기 어려울 것임을 알았다.

하지만 분명 도움이 되는 걸음이며 움직임이기에, 더더욱 감각을 열어 에던의 행보를 집중하기 시작했다.

오래지 않아 에던이 전장에서 반걸음 이상 물러난 안전지대에 이르는 게 보였다. 하지만 그곳에서도 에던은 발각되지 않았다.

나름 안전지대라고 하나, 그곳도 전장이었고 어중간한 안정성으로 인해 오히려 시야의 사각은 더욱 컸다.

에던은 마치 집 앞 마당을 거닐 듯 그렇게 느긋하게 사각을 헤엄치며 목적지에 이르렀다.

뒤이어 피가 솟구쳤다.

"허…."

루드말이 고개를 절레절레 저으며 다음 행보에 주목했다.

그리고,

상황이 급변했다.

❖ ✛ ❖

재해!

지진이나 태풍 그리고 홍수나 가뭄 같은 자연적인 재앙으로 말미암아 발생하는 거대한 피해를 뜻하는 말이었다.

에던은 스스로를 그처럼 표현하길 주저하지 않았다.

당연하게도 세트로판 남작의 눈 꼬리가 올라갈 수밖에 없는 이야기였다.

별의 영역에 오른 초월자는 분명 '일인군단'이라 불리며, 재앙에 가까운 존재로 표현되고는 했다.

하지만 '가깝다'는 말이지 실제로 재앙이라 뜻하지는 않는다. 그들 스스로도 그리 표현하는 이들은 없었다.

때문에 에던의 이야기가 젊은 나이에 별빛을 얻은 오만함이라 여겼다.

하지만 이어진 풍경은 그 같은 생각을 전부 고쳐먹게 만들고야 말았다.

서걱…

서걱…

서걱…

그야말로 과일을 썰 듯, 여기저기서 솟구쳐 오르는 핏물들이 비현실적이었다.

왜 그렇지 않겠는가.

'이럴… 수가 있나?'

처음으로 세트로판 남작의 동공에 흔들림이 새겨졌다. 분명 상대는 그와 대화를 나누는 중이었고, 시선도 그에게 고정되어 있었다.

한 자리에서 가만히 서 있는 것이다. 그럼에도 불구하고 저 먼 거리의 용병들이 하나 둘 무너져 내리는 것이 아닌가.

검이 흔들리는 건 봤으나 어찌 움직이는지는 확인하지 못했다.

그 기이한 움직임에 지금의 결과가 내포되어 있음을 알았다. 하지만 놀라는 것도 잠시, 정신을 다잡은 세트로판 남작이 버럭 성을 내질렀다.

"당장 멈추지 못할까!"

그 순간 기다렸다는 듯 에던의 검격이 멈췄다. 그러더니 대뜸 바닥에 검을 내리찍는 것이 아닌가.

그리고 이어진 광경이 실로 불가해한 영역이었다.

드드드드드득…

지진이라도 이는 건가 싶더니, 돌연 에던의 등 뒤로 쭈욱 길을 갈라지고 대지가 무너져 내리는 것이 보였다.

전장 한편에 때 아닌 길이 새겨진 것이다.

"그렇잖아도 볼 일이 끝나서 돌아갈 생각이었어."

에던이 그 말과 함께 휙 하니 걸음을 돌렸다. 그와 동시에 돌연 한 줄기 매서운 칼바람이 일어나며 흙먼지가 솟구쳤다.

일순 시야가 차단 됐다.

'으음….'

흙먼지가 가라앉았을 때, 세트로판 남작은 에던이 더 이상 눈앞에 존재하지 않는다는 걸 깨달았다.

어느 틈엔가 사라져버린 것이다. 이리저리 주변으로 시선을 돌려봤으나, 아무리 둘러봐도 그 흔적조차 찾을 수가 없었다.

잠시 눈살을 찌푸리던 그가 에던이 서 있던 자리로 향했다. 갑작스런 지진과 함께 갈라진 지면을 살피기 위함이었다.

"으음…."

신음성이 절로 새나왔다.

넓었다.

그리고 깊었다.

진정 자연의 재해라고 해도 믿어질 만큼, 깊고 넓게 대지가 갈라진 것이다. 아니 무너져 있었다.

더욱 놀라운 건, 그 갈라진 영역이 이곳에서부터 최전방까지 쭈욱 이어져 있다는 점이었다.

갑작스런 지진과 대지의 갈라짐에 전장은 이미 엉망이 되어 있었다. 칼부림을 하기보다 때 아닌 대지의 분노에 살아남기 위해서 몸부림을 치는 중이었다.

"재해… 재앙이라…."

진정으로 그 같은 말이 딱 어울린다고 생각했다. 단 한 번의 칼질이 무려 백여미르(m)에 가까운 공간을 갈라버렸다.

한 왕국의 성벽을 무너트렸다는 등의 이야기가 있기에

상당히 과장된 소문이라고 여겼었건만, 어쩌면 오히려 소문이 진실에 못 미치는 건 아닐까하는 생각마저 들었다.

'이게, 진정… 인간의 힘인가?'

마도사급에 이르는 마법사가 심혈을 기울여야지 낼 수 있는 그런 결과가 아닐까 싶었다.

"그를… 인간이라고 할 수 있을까?"

세트로판 남작은 마른침을 연신 삼켜야만 했다.

❀ ✛ ❀

에던이 한 차례 흙먼지를 일으킨 뒤, 훌쩍 몸을 던져서 피한 곳은 스스로 만들어낸 대지 속이었다.

깊은 듯 보였으나 생각보다 크게 깊지는 않았다. 빛이 사그라지는 시간대이다 보니, 어둠이 더욱 깊게 보일 뿐이었다.

최대한 길게 뻗어내려다 깊이는 사실 크게 신경 쓸 수가 없었다. 일단 보여주기 위해서라도 최대한 길게 상흔을 새겨야만 했던 까닭이었다.

덕분에 전장에까지 직접적인 영향을 미쳤고, 제대로 그의 존재감을 알릴 수 있었다.

물론, 세트로판 남작과 몇몇 기사 그리고 용병들이 목격자일 뿐이었지만, 철저하게 그 흔적을 새겨놓았으니 입소문을 타기에는 충분했다.

"일단은 좀 쉬어야겠네… 쿨럭!"

말 한마디를 끝내기가 무섭게 핏물이 터져 나왔다. 무리한 까닭이었다.

용병들에게 죄를 묻던 것부터 시작해서, 대지에 거대한 상흔을 새겨넣던 부분까지, 사실 그 모든 건 그의 힘이 아니었다.

[사자검!]

순수하게 검의 힘을 빌린 것이었다.

검 위로 별빛을 씌우고 그에 합당한 힘을 발휘할 수는 있으나, 먼 거리에 바람과 같은 검의 기운을 뻗어내는 건 그에게는 낯선 작업이었다.

때문에 사자검에게 '부탁' 했고, 검은 들어준 것이다.

'거기까지는 나쁘지 않았는데….'

문제라고 할 만한 부분은 그 다음에 있었다.

거대한 상흔!

그럴싸한 그림을 그려내기 위해, 사자검의 힘을 한껏 개방했고, 대지위에 그 힘의 흔적을 새겨 넣었다.

하지만 최근 사자검은 제대로 '폭식' 을 해 본 적이 없다. 그럼에도 불구하고 이 정도의 힘을 발휘하려니, 자연스레 힘을 끌어와야 했고, 그 대상으로써 에던이 '사용' 된 것이다.

그 의미 그대로 에던은 사자검의 '양식' 이 되어야만 했고, 황급히 도망치듯 자리를 피할 수밖에 없었다.

나름 괜찮은 장소가 있었다.

사자검을 통해서 직접 만들어낸 거대한 은신처가 등 뒤에 자리하고 있지 않던가.

그 안에 몸을 던진 것이다.

제법 넓었고, 깊이도 어둠을 새길만한 수준은 되었기에, 무리 없이 몸을 숨기기에도 적당했다.

평상시라면 이 정도 부상은 금세 회복되었겠으나, 사자검으로 인해 발생한 내상인 탓인지, 그 속도가 생각보다 더뎠다.

"끄응… 쉽지 않겠네."

이 같은 행동을 이번 한 번이 아닌, 검술원으로 돌아가는 여정 내내 이어나갈 것이기에, 지금의 이 고통에 괜스레 입맛이 썼다.

그렇게 잠시간 휴식을 취하면서 시간을 보내는가 싶던 에던이 대뜸 자리에서 일어났다.

"일단… 마무리를 해야겠지."

전장에 끼어든 건, 여러 가지 이유가 있지만 분명한 명분은 용병들을 징치하는 데에 있었다.

때문에 이그릿산 왕국의 진영뿐만 아니라 데헤란 왕국에서도 한 차례 사건을 일으켜 줘야 하는 것이다.

"끄응…차!"

걸음을 내딛는 그의 내부로 오랜만에 짜릿하고 아찔한 통증이 밀려들었다. 그가 억지로 오러 역류를 일으켰던 것보다 더한 것으로써, 사자검이 새긴 상흔은 그만큼 깊고 진했다.

그의 머릿속으로 데헤란 왕국에서 처리해야 할 대상들이 떠올랐다. 레드문을 통해서 전해 받은 정보들로써, 앞서 이그릿산에서 처리한 용병들의 정보도 그렇게 얻은 것들이었다.

사실, 전부를 처리하는 건 무리가 있었다.

이그릿산에서도 전부를 처리한 건 아니었다. 사각의 길을 걸으며 정보에 부합한 이들을 눈독 들여 놨다가 잡은 것으로써, 실질적으로 전해 받은 자료의 절반 정도밖에 안 되는 숫자라고 할 수 있었다.

'뭐… 어쩔 수 없지.'

실질적으로 이번 계획의 핵심은 그의 존재감을 정확히 알리는 것이니 만큼, 거기까지 제대로 해결을 하려다가는 생각보다 많은 시간이 소모될 수 있음에, 잡을 수 있으면 잡고 안 되면 말고, 딱 그 정도까지만 하기로 마음을 먹은 것이다.

하지만 사자검의 변덕을 감당하려면, 징치 쪽에도 좀 더 신경을 써야 할 모양이었다.

우웅… 웅…

굶주림을 호소하듯, 사자검이 작게 울음성을 토하는 게 느껴졌다. 고개를 절레절레 흔든 에던이 데헤란 왕국 방향으로 걸음을 옮겨갔다.

그렇잖아도 이미 과하다 싶을 정도의 소문이 나돌고 있던 까닭일까?

조금은 갑작스럽고 또 적잖이 뜬금없는 내용이었음에도 불구하고, 소문은 너무도 당연하다는 듯 퍼지고 또 스며들며 사람들의 귓가를 흔들어놓았다.

[에던 운트!]

용병들의 왕이며 인세의 마왕이라 불리고 또한 사신이라고도 표현되는 사내의 등장이었다. 그 자체만으로도 세상을 떠들썩하게 만들기에 충분했다.

헌데, 그 내용마저도 충격적이었다.

이그릿산 왕국과 데헤란 왕국의 전쟁터에 돌연 모습을 드러내더니, 각 진영을 홀로 가르며 지나갔다는 것이다.

실제 내용은 용병들을 징치한다고 알려졌지만, 그보다는 두 진영에 새겨진 커다란 검흔으로 인해, 명분이며 주된 목적이어야 할 용병들에 대한 소문은 씹히듯 사라져 버린 상태였다.

놀라운 건 그게 시작이었다는 것이다.

충격적인 검흔은 이그릿산과 데헤란의 전쟁터에만 새겨진 게 아니었다.

이후 에던은 '징치'라는 명목아래 다양한 전쟁터에 모습을 드러냈고, 그때마다 꼭 두 번의 칼질을 대지 깊숙이 새겨 넣었다.

검흔의 숫자가 늘어나면서, 점차적으로 소문이 과장되고 또 부풀려졌다는 식의 이야기는 더 이상 찾아볼 수가 없었다.

너무 대놓고 그 흔적들이 남아있는 까닭이었다. 족히 백여미르(m)는 되어 보이는 흔적이었고, 게다가 한 두 개도 아니었다.

전쟁터마다 새겨진 그 상흔을 보고 있노라면, 소문에 대해 의심하기가 어려울 수밖에 없었고, 거기에 더해 과거의 소문들에 대한 의심도 함께 씻겨나갈 정도였다.

그렇잖아도 남다른 존재감을 발산하던 에던이었으나, 이번 사건을 통해 그 위치는 그야말로 절대적이라 할 만큼 올라가버린 상황이었다.

앞서 기사왕과의 사건까지 겹친 까닭일까?

[첫 번째 별!]

용병왕 에던 운트를 이제는 대륙의 가장 높은 위치에 올려놓는 목소리마저 들려올 정도였다.

특히, 기사왕이라 불리던 사이람의 기세가 한풀 꺾였다는 점에서 더더욱 용병왕의 위치를 높게 쳐주는 이들이 많았다.

몇몇은 오랜 세월 이어져온 기사왕의 위치와 아드레안의 기반을 흔들기 위한 조작이라는 외침도 있었지만, 용병왕이 레아−발람을 멀쩡히 걸어 나왔을 때부터, 전체적인 흐름은 용병왕에게 있었다.

"에던 운트라…."

사이람을 비롯하여 칠성좌들을 두려움에 떨게 만드는 존재, 왕의 무덤을 지키는 유령왕의 눈가에 이채가 스쳐갔다.

들려오는 소문을 종합해 본다면, 결코 별의 영역에서 벌일 수 있는 수준이 아니었다.

별빛 그 너머를 연상시키는 그런 사건과 사고들이었다.

"이제 겨우 30대라고 했던가…."

그 젊은 나이에 별의 영역에 올랐다고 해도 기적처럼 여겨질 것이건만, 어쩌면 그 이상일지도 모른다는 의심을 새겨 넣고 있었다.

"소문이 사실이라면, 의심 정도가 아니겠군."

분명, 날아드는 보고서가 소문의 진실성을 증명하고 있었다. 하지만 선뜻 믿기지 않는 내용이었다.

"여러모로 신경 쓰이는 놈이군."

더는 그 이름을 입에 올리며 웃을 수가 없었다. 이전까지는 가벼운 유희거리라 여길 수 있었지만, 지금은 더 이상 장난으로 여길 수 없게 된 까닭이었다.

특히, 그를 불쾌하게 만든 건 최근에 발생한 사건에 있었다.

[아드레안 그리고 사이람!]

그 절대적인 수족이 그의 손끝을 벗어나려 하고 있는 것이다.

처음, 에던과의 술자리에 대해서 들었을 때는 '설마' 하는 마음이 있었다. 하지만 오래지 않아 아드레안의 흐름이 기이하게 돌아가고 있음에, 더 이상 의문을 가지지 않았다.

'족쇄를 부쉈군.'

버서커의 굴레에서 벗어난 것이다. 거기에는 두 가지 방법이 있었다.

일단, 두 가지 방법은 공통적으로 모든 것을 내려놓는 것인데, 이는 버서커의 광기가 족쇄의 근원인 까닭에 피할 수 없는 선택이었다.

그 첫 번째는 버서커의 굴레를 벗으며 폐인이 되는 것이고, 두 번째는 정한 깨달음을 얻어, 참된 의미로써 '초인'이 되는 것이었다.

하지만 아드레안의 분위기나 사이람의 행보를 분석해 봤을 때, 그는 결코 첫 번째와는 거리가 멀었다.

"진정한 깨달음이라…."

결국, 그 의미는 하나밖에 없었다.

"쯧… 별빛 너머인가."

때문에 에던 역시도 별빛 너머에 대해 의심하기가 어려웠다.

그와의 만남 이후부터 사이람의 행보가 돌변한 까닭이었다. 덕분에 오랜 세월 그가 계획하고 '투자' 해 온 아드레안이라는 거대한 '실험실' 이 통째로 해체될 위기였다.

물론, 아드레안 검가의 해체를 의미하는 건 아니었으나, 실험실이라는 의미에서 생각해 본다면 해체라는 의미가 틀리지는 않았다.

외적인 부분뿐만 아니라 내적인 면에서도 검가라는 이름에 어울리는 모습을 찾게 된다면, 더는 그곳을 실험실로 삼고 '사육'을 할 수 없는 까닭이었다.

"클… 골치 아프게 됐군."

오랜 기다림 끝에 슬슬 본격적인 외출을 준비하고자 하는 상황이건만, 그 긴 세월동안 준비해왔던 게 제대로 사용하기도 전에 하나 둘 고장이 나며 말썽을 일으키려 하고 있었다.

'별빛 너머의 존재가 둘이란 말이지….'

잠시간의 생각 속에서 머릿속을 채우는 건 하나였다.

"사이람 아드레안…."

분명, 우선시해야 할 건 에던이었으나, 어째서인지 사이람에게로 더욱 많은 신경이 기울어지고 있었다.

어쩌면 한때나마 그의 '육신'이 될 수 있도록 세심한 조정을 했던 만큼, 더더욱 용서하기가 어려운 것일지도 몰랐다.

그런 이유로 인해 '용서'라는 단어를 쓰기에는 그들 사이의 '진실'이 너무 큰 벽을 세우고 있었다. 때문에 불필요한 단어이기도 했다.

"클… 기르던 개에게 물리는 날이 올 줄이야."

서늘한 웃음소리가 무덤 안을 무겁게 얼려갔다.

❖ ✛ ❖

상상도 못한 일이었다.

'정말… 재해와 다를 게 없군.'

그 스스로도 그리 이야기했다고 들었다.

[나를 재해라고 생각하는 게 편할 거야.]

정체를 묻는 이들에게 공통적으로 전한 이야기라고 하는데, 루드말은 그 말이 진정 어울린다고 여겼다.

그가 지나는 길은 여지없이 전쟁의 흐름이 끊기고, 일시적이나마 병사들이 뒷걸음질을 치게 만드는 까닭이었다.

말 그대로 재해였다.

단지, 자연적으로 발생하는 게 아닌, 한 사람의 힘으로 만들어낸 것이라는 점에서 일반적인 재해와는 차이가 있었지만, 분명 그것은 재해라고 부르기에 충분한 악몽이었다.

"무슨 생각이냐?"

일단은 그저 지켜보고자 결국에는 참지 못한 듯, 또 한 차례 전장터를 휩쓸고 온 에던을 향해 결국 물음을 던져버렸다.

"네 행동은 자칫 전 대륙을 적으로 돌릴 수도 있는 위험한 행위다. 설마, 네가 이런 걸 모른다고 생각지는 않는다. 그럼에도 불구하고 이런 행동을 보이는 이유가 뭐냐?"

그의 직접적인 물음에 에던은 여전한 굶주림을 호소하는 사자검을 달래며 나직이 답을 내어줬다.

"저들에게 알려주기 위해서입니다."

"…알려준다?"

"말씀드린 것처럼, 저란 존재가 재해와 같다는 걸 깨닫게 해 준 것입니다."

루드말의 눈이 길어졌다.

"그게 통할 거라고 생각하는 거냐?"

절대적인 힘을 보여주며, 에던이 그를 적대하는 이들에게 경고를 보내고 있음을 알았다.

하지만 상대는 왕국이며 대륙이었다.

"실제로도 제게는 재해와 같은 능력이 있으니까요."

에던은 그 말과 함께 다독이던 사자검을 슬쩍 내려다봤다. 루드말은 나직한 신음성과 함께 납득할 수밖에 없었다.

지난 여정 중에 한 차례 설명을 들었던 까닭에, 저 검의 내력에 대해서 작게나마 알 수 있었다.

신검이며 동시에 마검이라 부를 수 있는 검!

에던은 이를 간단히 함축하며 이리 이야기 했었다.

[굳이 표현하자면 '신마검'이라고 하는 게 맞겠네요.]

성검이라 표현하기가 껄끄러운 건, 말 그대로 '마신'의 존재가 얽매여 있는 까닭이며, 그 재료가 마계의 금속인 아다만티움으로 이뤄져 있는 이유도 컸다.

"뭐… 검의 힘을 빌리지 않더라도, 충분히 재앙에 가까운 능력 정도는 보일 수 있기도 하니, 거짓이라고 할 수는 없죠."

이 역시 틀린 이야기가 아니었기에, 또 한 차례 루드말은 고개를 끄덕일 수밖에 없었다.

별의 영역에 오른 그 역시도 일반인들의 입장에서 봤을 때, 충분히 재앙이라 부르기에 부족함이 없었다.

에던은 그런 그의 입장에서도 재앙이라는 단어를 떠올리게 만들고는 했으니, 재해라는 표현이 아깝지 않다는 건 인정할 수밖에 없었다.

하지만 그렇다고는 해도 일을 너무 키워버렸다.

벌써 열여덟의 전장터를 다녀왔고, 여덟 왕국이 에던의 검흔에 뒷걸음질을 쳐야만 했다.

하나의 왕국을 중심으로 방향만 바꿔가며 전장을 난입한 경우도 있는 까닭에, 그 겹치는 횟수가 많았던 왕국의 경우에는 에던을 향해 직접적인 날을 세우고 있을지도 몰랐다.

이에 에던은 어깨를 으쓱이며 답했다.

"글쎄요. 오히려 저는 적당한 핑계거리를 던져준 것 같은데요."

사실, 그는 아무런 생각 없이 막무가내로 전장에 뛰어든 건 아니었다. 레드문이 조사해온 정보를 토대로 그 열기가 일부 식어버린 왕국들을 중점적으로 움직인 것이다.

"네가 분명 대단하다는 건 인정한다. 하지만 그래봤자

결국 한 개인일 뿐이야. 왕국의 거대한 덩치를 홀로 막아세울 수 있는 핑곗거리라니. 그건 불가능한 이야기다."

에던이 고개를 저으며 대답했다.

"매번 깜빡 하시는 것 같은데, 저 이래봬도 '왕'이라고 불리는 놈입니다."

"안다. 잘 알지. 그래도 결국 개인의 영역을 벗어나지 못해."

에던은 재차 고개를 저으며 이야기를 이었다.

"그렇지만 저들의 입장에서 저는 용병들의 '세상'을 다스리는 '왕'입니다."

조금의 억지를 더한다면 충분한 핑곗거리가 형성될 수 있었고, 잠시나마 전쟁의 흐름을 물리며 소강상태로 이어가는 것도 가능할 터였다.

이 즈음해서 루드말은 에던의 의도 하나를 읽어냈다.

"설마… 전쟁을 멈출 생각이냐?"

물음을 던지면서도 말도 안 된다고 여겼다. 어찌 한 개인이 왕국과 왕국 간의 전쟁을 멈춰 세우며, 대륙 전체적인 광기를 잠재울 수 있단 말인가.

불가능한 일이었다.

"재해 앞에서는 너도 나도 없다지 않습니까."

우리만이 남을 뿐이었다.

때문에 에던은 더욱 재해와 같은 존재로써 각인되어야만 했다.

"뭐… 나름대로 눈치 봐가면서 시비를 걸기는 했어도, 넘어와 줘야지 판을 제대로 짤 텐데… 어떻게 될지는 저도 잘 모르겠네요."

그러며 어깨를 으쓱이는 에던의 모습에, 일순 루드말은 등허리가 저릿해지는 느낌을 받아버렸다.

전율이었다.

벼락을 맞은 듯, 뇌전이 지난 것 같은 짜릿함이 등줄기를 타고 오르며 뒷목을 그리고 뇌리를 크게 강타한 것이다.

일순 에던의 덩치가 산과 같아 보였던 까닭이었다.

'으음….'

소리 없이 조용히 신음하는 그의 모습을 아는지 모르는지, 에던의 이야기는 계속되었다.

"뭐… 어르신 말씀처럼, 저 혼자라면 확실히 불가능한 이야기일 겁니다."

그는 혼자가 아니었다.

레드문이라는 적극적인 도우미가 함께하고 있으며, 거기에 더해 그 스스로도 용병들의 왕으로써, 하나의 '세계'에 군림하는 존재였다.

뿐만 아니었다.

곳곳에 뻗어놓은 인연들이 적절한 움직임을 준비하고 있을 터였다. 이를테면 루딘 용병단과 같은 이들을 예로 들 수 있었다.

게다가 이미 그 나름대로 '세력'이라 할 만한 걸 갖추기 위한 준비도 하고 있지 않던가.

[스펙터!]

물론, 아직까지는 제대로 형태도 갖춰지지 않은 미완의 계획일 뿐이었지만, 그래도 현재의 진행형 속에 있다는 것 하나만큼은 분명했다.

"어느 틈에…."

루드말이 눈을 동그랗게 뜨며 얼굴로 에던을 바라봤다. 다른 부분들도 놀랍지만, 결국 이 모든 건 레드문과의 교류에 중점을 두고 있었다.

여정이 시작된 이후로는 간단한 정보 두어 개만 오가는 게 전부였기에, 저 정도의 계획을 나눌 만한 시간은 없었다.

애초에 그간의 행보를 떠올린다면, 여정의 시작 이전에 계획은 준비를 맞췄다고 봐도 과언이 아닐 터였다.

그리고 이 같은 부분에서 그도 모르는 사이에 레드문과 그 같은 이야기를 나눴음을 알았고, 그 같은 사실에서 놀라는 한 편 의문을 느낀 것이다.

이에 에던이 가볍게 실소하며 답했다.

"아드레안에서 워낙 쉬는 시간이 많았잖아요."

의외로 레드문의 발은 넓었고, 뜻밖에도 집중감시를 받던 치료실에서의 생활이야말로 레드문과의 소통이 가장 길게 이어질 수 있는 시간이기도 했다.

그곳 치료사들을 시작으로 시녀 그리고 잡일을 도맡아 하던 하인까지, 은연중에 레드문의 그림자가 숨어 있던 것이다.

거기까지 이야기하던 에딘이 슬쩍 고개를 돌려 저 멀리 시선을 던져 보냈다.

사람이라고 해야 할까?

그도 아니면 언데드라 불러야 할까?

기이한 인영 하나가 비척이며 그들이 지나온 길을 그대로 밟으며 따라붙는 게 보였다.

질문과 생각을 거듭하던 루드말도 어느새 역시 그의 시선을 따르듯, 저 멀리 후방을 바라보고 있었다.

[그라넥 프릭셸!]

아드레안의 이야기를 하다 보니, 자연스레 그를 향해서 시선이 돌아간 것이다.

끈질기다고 해야 할까? 근성이 있다고 해야 할까?

분명, 짧지 않은 여정이었고 험난한 시간이었다. 제대로 된 음식도 먹지 못하고 물 한 모금 축이기 어려웠건만, 그처럼 엉망인 상황에서도 꾸역꾸역 그들의 뒤를 쫓는 모습이 놀라울 정도였다.

"슬슬 받아주는 게 어떻겠나?"

때문에 루드말은 이처럼 물을 수밖에 없었다.

"아직입니다."

에딘이 고개를 저었다.

"지금까지 버틴 것도 대단한 걸세. 이미 쓰러졌어도 이상하지 않아. 진정, 저 청년이 죽기를 바라는 건가?"

그에 대한 대답은 뜻밖이었다.

"예."

매정하다 싶은 한마디에 루드말의 말문이 턱하니 막혔다. 헌데, 에던의 눈빛에서 미묘한 기색을 읽어냈다.

끈덕지게 달라붙는 추격자에 대한 짜증이나 분노 그런 게 아닌 일말의 연민과 같은 그런 감정이었다.

"…혹여, 다른 이유가 있는 건가?"

에던이 쓰게 웃으며 한 마디를 더했다.

"저 녀석은 한 번쯤 죽어봐야, 제대로 살 수 있을 겁니다."

이해할 수 없는 이야기였다. 루드말이 설명을 바라는 눈빛으로 에던을 바라봤으나, 에던의 대답은 들을 수 없었다.

갑작스레 신형을 쏘아 보낸 까닭이었다.

그 방향을 읽고서는 설마 하는 마음에 돌아보니, 저 멀리 그라넥의 육신이 무너져 대지에 스며들고 있는 게 보였다.

루드말도 급히 에던의 뒤를 쫓았다. 그리고 잠시 후, 에던이 보인 행동에 깜짝 놀라야만 했다.

스릉…

쓰러진 그라넥을 향해 대뜸 검을 들이미는 것이 아닌가. 화들짝 놀란 루드말이 이를 막아서려 했으나, 이미 에던의 검은 그라넥의 심장에 박혀들고 있었다.

"이게 무슨 짓이냐!"

루드말이 버럭 성을 내며 에던을 향해 기세를 피워 올렸다. 하지만 에던이 손을 뻗어 그의 접근을 차단했다.

왠지 모를 긴장감 어린 에던의 표정과 그의 얼굴 위로 갑자기 차오르는 땀방울에 루드말의 눈가에 의문의 빛이 떠올랐다.

동시에 저 같은 행동에 이유가 있는 건 아닐까 하는 생각이 들면서, 일렁이던 기세를 잠시간 내려놓게 만들었다.

그리고 이내 이상한 점을 찾아낼 수 있었다.

'피가… 안 나온다고?'

루드말은 그라넥의 심장어림에 박혀있는 칼 위로 핏물이 새나오지 않는다는 걸 깨달았다.

게다가 놀랍게도 언데드라고 해도 이상하지 않을 정도로 창백하던 얼굴에 점차적으로 핏기가 도는 모습까지 보이고 있었다.

'으음…'

이해할 수 없는 상황에 자연스레 심장을 찌르고 있는 검으로 시선이 갔다.

[사자검!]

신마검이라고 표현했던 것처럼, 어둠의 한편에 신의 의지가 함께 깃들어있는 특별한 검이었다.

때문에 이 기현상이 검으로 인한 것임을 짐작할 수 있었다.

"후우…."

문득, 에던이 나직한 한숨과 함께 검을 뽑아드는 게 보였다.

그 모습에 루드말이 상황이 일단락되었음을 깨닫고는 그를 향해 궁금했던 점을 물었다.

"죽은 건가? 산 건가?"

그라넥의 상태를 확인하기 위함이었다. 이에 에던이 조금은 지친 얼굴로 그라넥을 내려다보며 답을 내어줬다.

"한 번 죽였다가 살렸습니다."

루드말이 여전한 얼굴로 그를 바라봤다. 이에 에던이 잠시 숨을 고르는가 싶더니, 이내 조금은 안색을 회복하며 천천히 설명을 시작했다.

"아실지 모르겠지만, 이 녀석… 버서커라고 불리던 그들과 같은 과정을 밟은 놈입니다."

그라넥은 스스로의 부족함을 알기에 이를 해결하고자 프릭셀의 후계자가 트로간에 잠시 몸을 맡겼던 시절이 있었다.

그 무렵에 버서커의 실험과 그 힘의 일부를 육신에 새겨 넣은 것이다.

아드레안의 문제아로 불리게 된 그라넥의 성격적인 부분도 그로 인해 발생한 여파였다.

사실, 그가 받은 실험은 일반적인 버서커들에 비한다면 좀 더 안정성을 높인 만큼, 아무래도 많은 부분 약화시킨 편이었다.

프릭셀의 후계권을 지닌 존재를 대놓고 버서커로 만들어버릴 수는 없는 까닭이었다.

때문에 그 정도의 성격적인 결함이 발생할 거라고는 트로간에서도 생각지 못한 부분이었는데, 이는 그 본인의 체질 자체가 워낙 좋지 못했던 까닭에, 육체변화의 과정에서 정신적인 부분 일부가 광기의 영향을 받아 발생한 현상이었다.

에던은 바로 그 버서커의 광기를 털어내고자 했다. 하지만 그 기운이라는 건 혼자서 떨쳐낼 수 있는 게 아니라는 걸 사이람에게 들었다.

경지를 이루지 않는 한, 혼자서는 그 기운을 벗겨내는 게 어렵다는 것이다.

그 '경지'라는 게, 적어도 별빛에 닿을 정도라는 부분이 중요했다.

나름 뛰어난 실력을 쌓았다지만, 그라넥은 그 정도까지는 미치지 못했다. 아드레안의 평기사가 다른 검가에 비해 수준이 높다고는 하나, 별빛에 닿을 정도까지는 아니었다.

게다가 그라넥은 약화된 신체개조에 비해, 그 본인의 나약한 체질로 인해 생각보다 내부 깊숙한 부분까지 버서커의 영향을 받아버린 경향이 있었다. 일정부분에 한해서는 실제 버서커와 다를 게 없는 부분도 있는 것이다.

그런 이유로 뿌리가 생각보다 깊었다.

"자네는 그걸 어떻게 알게 된 건가?"

당연한 루드말의 물음에 에던이 앞서 언급한 부분을 재차 입에 담았다.

"사이람 가주님과 이야기를 나눴다니까요."

"아니. 그걸 말하는 게 아닐세. 이 친구에 대한 부분을 어찌 그리 잘 알고 있느냐고 묻는 것이네."

"뭐… 우연이죠."

그저 버서커에 대해서 이야기를 나누던 것이었는데, 그러다 우연히 그라넥의 이야기가 나왔었다.

아무래도 한 차례 가문을 떠들썩하게 만들었던 그라넥의 행보였다. 가주라는 입장에서 그 같은 소식을 접하지 않을 수가 없었고, 버서커에 대한 부분을 이야기하다 그에 대해서도 잠시 언급된 것이다.

그라넥 뿐만 아니라 타 가문에서도 그와 비슷하게 신체 개조를 부탁하는 이들이 있었고, 그런 이들을 통틀어서 이야기하는 흐름으로 넘어가기 위한 일종의 징검다리 역할로써, 그라넥의 이름이 언급된 정도였다.

에던은 잠시간의 인연으로 인해 그 잠깐의 이야기에 좀 더 귀를 기울였던 것이고, 이렇게 당시의 내용을 머릿속에 담아두고 꺼내 쓸 수 있게 된 것이다.

치료실에서 가볍게 한 번, 그리고 아드레안을 나와서 찐하게 또 한 번, 그렇게 버서커와 이어진 두 번의 짜릿한 만남으로 인해, 에던은 그들의 기운에 대해 적응하고 또 나름의 분석을 마칠 수가 있었다.

그런 의미에서 뒤를 쫓아오던 그라넥의 내부에 어떤 문제가 있는지도 일찌감치 짐작했고, 거기에 필요한 조치 역시도 대략적으로 구상해낼 수 있었다.

사이람에게 들었던 걸 기준으로 내어놓은 해결책이기도 했다.

[버서커의 광기는 죽어서 시체가 되거나, 경지를 이뤄서 떨쳐내는 것밖에는 방법이 없지.]

때문에 에던은 그라넥을 극한까지 몰아붙이기로 했다.

작열하는 뜨거운 태양 아래, 한계치 이상의 극한의 여정을 이끌며, 그라넥은 그야말로 내부 깊숙한 곳의 기운을 전부 태워버리듯 사용하고 또 소모하며 걸었다.

온 몸의 수분이 말라버리듯, 내부의 기운도 그렇게 전부 말라버리는 순간까지, 한 없이 그를 시련으로 내몰고 몰아쳤다.

그렇게 소모되던 기운에는 마지막이자 최후의 보루라 할 수 있는 버서커의 광기도 함께 내포되어 있었는데, 사실 루드말의 이야기처럼 일찌감치 쓰러져도 이상할 게 없는 것이 그라넥의 상태였다.

"아마도 버서커의 광기라고 하는 그 기운 덕분에 지금까지 버틸 수 있었을 겁니다."

하지만 그나마도 전부 소모가 된 지금, 결국 그라넥은 쓰러졌고, 빠르게 그 호흡이 멎어가며 심장의 박동 역시도 지워지고 있었다.

그 때문에 에던이 바쁘게 움직인 것이다.

사자검을 심장에 찔러 넣은 건, 생사를 관장하는 심판자의 검을 통해, 삶과 죽음의 경계를 모호하게 하기 위한 조치이며, 이를 통해서 죽음을 걷어내고, 다시금 삶의 기운을 불어넣기 위함이었다.

당연하게도 그 삶의 기운은 에던에게서 나왔고, 그 때문에 그토록 짧은 시간 만에 에던의 얼굴이 핼쑥하게 변해버린 것이기도 했다.

별빛 너머에 이른 그가 숨을 골라야 할 정도로 지쳤다는 것 역시도 그 증거라 할 수 있었다.

"이렇게까지 한다는 건, 한 번 가르쳐 볼 생각이냐?"

루드말의 물음에 에던이 쓰게 웃으며 그라넥을 내려다봤다.

"아무래도… 그래야겠죠."

조금은 떨떠름한 음성의 대답이었다.

그도 그렇게, 애초의 계획은 버서커의 광기를 몰아내는 게 아니라, 떨쳐내는데 있었던 까닭이었다.

광기를 지운다는 걸 명목이자 방패막이로 세워둔 채, 실질적으로는 쫓아오다 지쳐서 돌아가기를 바란 것이다.

헌데, 이게 웬 일?

'이렇게 되면서까지 쫓아올 줄이야.'

거짓으로 걸어놓은 명분이 진짜가 되어버렸고, 진실은

뒷전으로 밀려나버리고야 말았다.

　이제 와서 그간의 시험 따위 무시하며, 돌려보내기에는 너무 먼 길을 와 버렸다.

　게다가 그간 여정으로 보여준 근성이 마음에 든 모양인지, 루드말이 제법 그라넥을 아끼는 모습까지 보여주고 있는 까닭에, 되돌리기에는 너무 늦어버린 상황이기도 했다.

　'끄응… 어쩔 수 없나.'

　물론, 아주 마음에 없었다면 이런 식으로 시험을 하지도 않았을 것이기에, 그 역시도 일정부분 흡족한 마음이 있는 건 사실이었다.

　하지만 그럼에도 불구하고 역시 귀찮음의 비율이 더 높다보니, 아무래도 입안이 떫을 수밖에 없었다.

　'그나저나….'

　잠시 그라넥을 바라보던 에던의 시선이 사자검으로 향했다. 좀 더 정확히는 조금 전 그라넥의 심장을 찌르고, 그와 동시에 빨아들였던 '기운'에 있었다.

　[버서커의 광기!]

　분명히 그라넥은 제 숨이 다할 만큼의 광기를 토해냈고, 한 차례 호흡이 끊어지기도 했었다.

　만약 에던의 도움이 아니었더라면 지금 이 순간이 그라넥의 마지막이었을 터였다.

　그렇다면 사자검에 흡수된 광기는 무엇일까?

마지막 잔재라고 할 수도 있고, 최초의 씨앗이라고 부를 수도 있을 것이다.

그라넥의 오러홀을 넓혀주고, 그 통로를 질기게 만들어주며, 뼈대를 단단하게 강화시켜줬던, 그 최초의 씨앗이었다.

뼛속 깊숙한 곳에 잠재되어 있던 그것은 그라넥의 숨이 멈추는 순간, 주인의 육신을 버리고 그대로 부유하며 빠져나가고 있었다.

사자검은 바로 그 마지막 잔재를 빨아들인 것이다. 그 여파라고 해야 할지 모르겠으나, 그로 인해서 그라넥의 육신은 급속도로 변화를 맞이하는 중이었다.

고된 시련의 여정으로 인해 피골이 상접해버린 몰골인지라 크게 티가 나지는 않았으나, 분명 그 내부 깊숙한 곳에서부터 신체적인 변화가 발생하고 있었다.

짐작건대 과거, 그 연약하던 육신의 기억을 쫓아 돌아가는 중이리라.

물론, 지난 세월 쌓아온 공부 덕분에 어느 정도는 그 외형이 남아있겠지만, 아드레안의 평기사까지 이르게 했던 괴력은 전부 사라지고 없을 터였다.

그 광기라고 불러야 할 기운, 마기에도 닿아있다 여겨지는 바로 그 기운이 에던을 놀라게 만들었다.

'상당히 순도가 높은데.'

의외라고 해야 할까?

앞서 그를 습격했던 버서커들에게서 느꼈던 그 혼탁한 기운에 비해, 이 마지막 잔재이자 씨앗은 무려 사자검이 만족도를 느낄 만큼의 순도가 높았다.

우웅… 웅… 웅…

그간 연신 굶주림을 호소하며 불만을 표현하던 사자검이건만, 이번만큼은 기쁨의 울음성을 흘려보내고 있었다.

물론, 포식이라고 할 만한 수준은 아니었다. 하지만 적어도 배를 채웠다, 뭔가를 먹었다 정도의 만족감은 느끼고 있는 듯 보였다.

이 기운의 정체가 뭘까?

사자검을 통해 상세하게 광기의 씨앗을 느끼고 감지할 수 있었다.

'흠….'

미묘하게 낯설지가 않다고 해야 할까?

'마기와 닮아서?'

그런 부분도 있겠지만, 에던은 고개를 저으며 부정했다. 다른 무언가가 있다는 생각을 한 까닭이었다. 두 눈을 감고 좀 더 사자검에, 그 기운에 집중했다.

그렇게 얼마나 고민했을까?

문득, 떠오르는 얼굴이 하나 있었다.

[크라이드만!]

눈이 번쩍 뜨였다.

"드래곤하트!"

짜릿한 전율이 등허리를 타고 올랐다.

[망자 그리고 팬텀!]

그들도 분명 '현자의 돌'과 적잖은 연관이 있을 거라는 것 정도는 짐작하고 있었다.

허나 그 깊이에 대해서는 의심을 할 수 밖에 없었다. 애초에 그들에게서 현자의 돌을 제대로 느껴본 적이 없던 까닭이었다.

그 역시도 이 부분에 대해서는 들어서 알았던 것이 많았고, 마찰을 겪던 무렵에는 오러홀이 파괴되어 있던 시절인지라, 여러모로 오러를 비롯하여 다양한 기운에 대한 이해도가 낮을 수밖에 없던 시기였다.

레-그라자에서의 생활은 이러한 부분들을 통틀어서 새롭게 깨우치고 눈을 뜨게 만들어줬었다.

그리고 지금, 그 결실을 제대로 만끽하고 있노라니, 절로 확장되는 동공의 변화를 주체하기가 어려웠다.

'이게… 드래곤 하트란 말이지.'

기운에 대한 이해도가 높아졌다고는 하나, 실질적으로는 사자검의 도움이 있어서 깨닫고 느낄 수 있던 기운이기도 했다.

망자가 그러했고 팬텀이 그러했듯, 그라넥에게 담겨있던 드래곤 하트의 기운 역시도 극히 소량으로써, 그야말로 티끌과도 같았던 까닭이었다.

물론, 망자의 경우에는 그저 흉내 내서 만들어낸 거짓된 돌을 심어두고 있었지만, 드래곤 하트와 연관되어 있다는 부분만큼은 사실이었다.

어쨌든 이렇게 사자검을 통해 드래곤 하트라는 걸 제대로 느꼈다. 게다가 워낙 작은 양이라지만 그것만으로도 사자검은 나름의 만족감을 표시했고, 이를 통해서 마도의 전설이 지닌 특별함 역시도 실감할 수 있었다.

그 때문일까?

'돌아가야 하나?'

잠시, 왔던 길로 시선을 보낼 수밖에 없었다.

사이람의 이야기를 통해서 알 수 있듯이, 그라넥은 실제 버서커 실험에 비한다면 완화되어 있는 약식의 실험체였다.

그 기운 역시도 진짜들과 비교한다면 차이가 있을 거라 여겼다.

애초에 그라넥을 비롯하여 지금껏 만났던 버서커들 그리고 여전히 아드레안에 숨어있을 버서커들까지 생각한다면, 분명 아드레안에는 드래곤 하트와 관련된 자료들이 상당부분 남아있을 확률이 높았다.

크라이드만의 의뢰를 생각해 봤을 때, 돌아가서 직접적인 조사를 해야 하는 건 아닐까?

그런 생각들이 머릿속을 잠시 맴돌았지만, 이내 고개를 휘휘 저으며 이러한 부분들을 털어내 버렸다.

일단은 그가 계획하고 있는 것들을 확실히 하는 게 중요하다고 여긴 까닭이었다. 뿐만 아니라 사이람이 아드레안을 제대로 휘어잡는다면, 나중에라도 일정부분 도움을 받는 게 가능할거란 생각도 있었다.

괜스레 나서서 사이람이 꾸며놓은 판을 깨기보다는 우선 한 걸음 물러나 지켜볼 때였다.

'그나저나… 마도의 전설이라지만, 그래도 너무 양이 적은데.'

물론, 사자검이 나름의 만족감을 느낀 시점에서, 그 적은 양에 담긴 특별함을 읽어낼 수는 있었지만, 그럼에도 불구하고 티끌만한 양은 에던이 납득하기에는 어려운 수준이었다.

'이것만으로 그만한 실력자들을 만들어 내기에는… 으음….'

때문에 사자검의 쥔 손에 더욱 힘을 준 채, 그 내부에 흡수된 드래곤 하트의 기운에 집중하고, 그러는 한편 함께 받아들여진 부정한 흐름도 함께 분석해 나갔다.

과연, 버서커의 일부라고 해야 할까?

드래곤 하트의 기운을 중심으로 덕지덕지 붙어있는 마기와 그 위로 또 한 차례 막을 이루듯 씌워진 혼탁한 기운까지.

그 작은 티끌의 주변에는 버서커들을 연상시키는 흐름이 고스란히 배어있었다.

에던도 한 때는 마도학에 대한 공부를 한 적이 있었다. 하지만 이는 아티팩트를 다루기 위해서 쌓은 것이니 만큼, 그 수준의 깊이는 실로 얕았고, 때문에 이 흐름에 내포된 공부까지 읽어내는 건 무리가 있었다.

하지만 별빛 너머에 이른 감각과 사자검이 비쳐주는 흐름 그리고 얕지만 조금이나마 쌓여있는 마도의 공부까지, 그는 부족한 지식적인 부분에 대해서는 대부분 감각으로 때려 박고 쑤셔 넣으며, 상당부분 본능에 의지한 채 흐름을 분석해 나갔다.

'끄응….'

하지만 역시 지식적인 부분의 공백이 너무 크다고 해야 할까? 결국 쓸데없는 시간만 허비한 채 두 손을 들어야만 했다.

물론, 아무런 의미가 없는 시간은 아니었다.

드래곤 하트라 불리는 이 티끌만한 기운이 어떤 역할을 하는지 정도는 이해한 까닭이었다.

'증폭인가.'

작은 양이었고 그만큼 미약한 흐름이었지만, 심장이 박동을 하듯 박자에 맞춰 일정 되게 기운이 일렁이는 걸 느꼈고, 그리고 거기에서 흐름과 힘의 변화를 읽어낸 것이다.

'드래곤 하트라….'

많은 이야기나 전설 속에서 '현자의 돌'로 소개되는 그 특별한 마도의 정수는 아주 간단한 한마디로 정의를 내릴 수 있었다.

[무한한 마나의 보고!]

그야말로 끝 모를 마력의 원천지라는 것이다.

허면, 이 티끌만한 하트의 잔재에도 무한한 마력이 넘실거릴까?

당연하게도 그건 아니었다.

과거, 레-그라자를 나오며 크라이드만의 의뢰를 상기하면서, 수시로 레일라에게 드래곤 하트와 관련된 옛 이야기들에 대해 물으며 배우고는 했었는데, 거기에서 그녀는 드래곤 하트에 대해 이렇게 정의를 내렸었다.

[완성된 마법진!]

그건 하나로써 완벽한 마법진과 같다고 했다. 무한한 마나를 포용할 수 있게, 하늘 위의 존재가 그렇게 빚어낸 신의 작품이라는 것이다.

때문에 이 티끌만한 하트의 잔재에는 그와 같은 무한한 에너지는 없을 거라 장담했다.

'마법진을 쪼갠다고 해서 효과가 둘로 나뉘는 건 아니니까.'

물론, 드래곤 하트와 마법진는 명확히 다를 것이지만, 그렇다고는 해도 이 정도로 작게 쪼개진 티끌만한 잔재에서, 무한의 에너지를 상상하기란 어려울 수밖에 없었다.

'아무래도 이건… 레일라에게 들어야겠군.'

그녀 역시도 에던과 크라이드만 사이의 의뢰에 대해 알고 있었다. 굳이 비밀로 하라는 이야기가 없던 까닭에, 그녀에게 이야기를 듣고 또 물으면서 자연히 그 이유도 언급하게 되었다.

숨겨야 할까도 싶었지만, 아무래도 마법사인 레일라의 위치를 생각해 봤을 때, 진실을 알게 된다면 좀 더 적극적으로 도움을 줄 거란 생각으로 알린 것이다.

그리고 예상처럼 많은 도움을 얻기도 했었다. 물론, 대부분이 드래곤 하트와 관련된 옛 이야기들이었지만, 중간중간 레일라의 부연설명까지 생각한다면, 지식적인 빈틈을 메우기에는 충분할 만큼의 도움을 얻었다고 할 수 있었다.

"후우…."

나직한 한숨과 함께 사자검을 착검한 에던이 다시금 그라넥을 향해 시선을 보냈다.

귀찮다는 생각으로 그를 떼어내고자 했지만, 여정이 이어지는 내내 그를 어찌 가르칠지에 대해서 이미 생각을 끝낸 상태였다.

계획의 연장선이라고 해야 할까?

'쯧… 번거롭게 하기는….'

다음 여정과 계획을 위한 준비는 그렇게 새로운 전환점을 맞이하고 있었다.

225

잠에서 깨어나는 순간, 이미 깨닫고 있었다.

사실, 눈을 뜨기도 전에 '진실'을 알고 있던 것도 같았다. 확신에 가깝게 그리 생각했다.

'꿈인 줄 알았는데….'

일종의 자각몽이라고 해야 할까?

현실과의 경계선을 나누기가 어려워 오히려 더욱 명확하게 구분이 갔으며, 꿈속에서 현실을 체험하고 있기도 했으니, 그처럼 생각해도 이상할 건 없다고 여겼다.

'전부… 잃어버린 건가.'

그라넥은 넘실거리던 육신의 괴력이 사라졌음을 알았다. 하지만 그와 반대로 전에 없이 맑아진 정신도 깨달았다.

'이건, 마치….'

과거의 무기력하던 그의 육신을 떠올리게 만들었다.

하지만 항상 불만으로 가득하며 짜증이 일부 섞여들어 있던 정신이건만, 어째서인지 너무도 상쾌했다.

그래서일까?

절망감이라 할 만한 감정이 떠오르지는 않았다.

'지금은 그냥….'

이 맑은 정신을 한껏 만끽하고 싶을 뿐이었다. 두 눈을 감고 그렇게 한참을 누리고 또 즐겼다.

"깨어났나?"

그러다 문득 들려온 음성에 눈을 뜨고 고개를 돌려야만 했다.

'아…!'

뒤늦게 그가 이 자리에 있는 목적을 떠올렸다.

[에던 운트!]

그로 하여금 다시금 꿈을 꾸게 만든 사내가 방문을 열며 들어오고 있었다.

"일단 먹어라."

에던은 그 말과 스프를 침상 옆에 내려놓았다. 일단 다시금 호흡을 붙여놓기는 했으나, 워낙 힘겨웠던 여정인 까닭일까?

버서커의 힘의 원천이라 할 수 있는 하트의 잔재가 빠져나가자, 그라넥은 급속도로 죽음과 가까워지기 시작했다.

에던이 사자검으로 삶의 흐름을 부여했다고는 하나, 이는 일종의 임시방편일 뿐이었다.

제대로 된 치료가 필요하다는 결론과 함께, 일단 가까운 마을의 치료사를 찾은 것이다. 주기적으로 에던이 기운을 불어넣지 않았더라면, 도중에 결국 숨이 멎어버렸을 터였다.

'돈 쓰고 힘쓰고 머리까지 쓰게 하다니… 쯧!'

여러모로 번거롭게 한다는 생각을 하며, 에던이 그라넥을 향해 물었다.

"아직도 배우고 싶냐?"

혹여 생사의 경계를 넘는 동안 생각이 바뀐 건 아닐까 하는 마음에 그리 물은 것이다. 하지만 오히려 그 경험이 더욱 의지를 굳건히 한 모양인 듯, 그라넥의 두 눈에 뜨거운 불길이 피어올랐다.

"배우고 싶습니다!"

괜히 물었다는 생각과 함께 에던이 한숨을 푸욱 내쉬었다.

"그러면… 일단 몸조리나 잘 해라."

순간, 그라넥의 두 눈이 크게 뜨였다. 그 말에 담긴 의미를 깨달은 까닭이었다.

"감사합니다!"

침상에서 벌떡 일어나며 그리 외치는데, 역시나 몸 상태가 정상이 아니었던 까닭일까?

"크흐으읍…."

진한 신음성과 함께 그대로 무너져야만 했다.

"쓸데없이 몸 축내지 말고, 일단 먹고 좀 쉬어라."

에던은 그 말과 함께 손을 휘휘 내젓더니 그 길로 방문을 닫고 나가버렸다.

그리고 문 너머에서 마지막 이야기가 들여왔다.

"참고로 말하는데, 내 가르침에 너무 기대하지는 마."

그게 정말로 마지막이었다.

에던의 발걸음 소리가 멀어지고, 고요한 적막이 찾아왔을 때, 그라넥은 고통에 신음하던 걸 잊어버린 듯, 침상에

벌러덩 누워 함박웃음을 지으며, 그렇게 한껏 허락의 기쁨
을 만끽했다.

❋ ✢ ❋

[그라넥 프릭셀!]

아드레안 검가를 지탱하는 다섯 가문 중, 프릭셀의 후계
권을 지닌 정통한 혈족의 일원이었다.

당연하게도 그 지닌바 공부가 얕지 않았고, 그 스스로도
뛰어난 머리를 지니고 있다는 걸로 제법 유명했다.

물론, 그보다는 '아드레안의 문제아'라는 명칭으로 더
유명세를 타기는 했지만, 어쨌든 비상한 머리에 더해 남다
른 공부까지 쌓아왔다는 건 분명한 부분이었다.

때문에 에던은 그를 위한 자리를 준비 했다.

[스펙터!]

왠지 자연스레 그들이 떠올랐고, 그들 계획의 일부로써
포함시켜 버리기로 한 것이다.

'아드레안에는 약자를 위한 공부는 없다고 했었지.'

말인 즉, 강자를 위한 공부들은 알고 있다는 의미와도 크
게 다르지는 않을 거라 여겼다.

"귀찮기는 하지만… 오냐, 그래. 가르쳐 주마."

그라넥이 그토록 바라던 '약자를 위한 공부'를 전해줄
것이다.

'하지만 그 대신….'

그는 '강자를 위한 공부'를 받아낼 생각이었다.

당연하게도 그 공부의 사용처는 '스펙터'가 될 터였다.

"서로 돕고 사는 것 아니겠어."

에던은 그리 말하며 히쭉 웃어보였다.

'아주, 쪽쪽 빨아주마! 쓰읍….'

괜스레 군침이 흘렀다.

5. 축복.

5. 축복.

갑작스럽게 지니고 있던 것 상당부분을 내려놓아야만 했다. 하지만 그렇다고 해서 그와 관련된 모든 기억들마저 사라진 건 아닌 것처럼, 그 흔적 역시도 일부 남아서 잔류하고 있음을 알았다.

과거, 빈약하고 또 초라하며 볼품없던 오러홀의 크기와 오러의 통로가 바로 그러했다.

그라넥은 불행 중 다행이라고 여겼다.

"빛 좋은 개살구지."

거기에 대한 에던의 짤막한 평가였다.

대륙 어딘가의 속담을 언급하며 그리 표현했는데, 이는 그 말처럼 실제로 겉모양만 그럴듯하지 실속은 그리 없음을 아는 까닭이었다.

앞서 언급되었듯, 지난 과거의 흔적이 일부 남은 것으로써, 이 모든 것들을 지탱해주던 버서커의 광기가 빠져나가 버린 지금, 오러홀을 비롯하여 그 통로는 조금이라도 과도한 충격이 전달된다면, 그대로 부서지고 또 찢겨져 나갈 수 있는 그런 위험한 상태였다.

건물의 뿌리이자 초석이 되어 줄 주춧돌이 쏙 빠져버린 만큼, 언제든 무너져 내릴 수 있는 위험성이 큰 것이다.

"아무래도 순서가 엉망이 되겠지만, 그래도 일단 기본이다."

에던은 그 말과 함께 그라넥의 수업방향을 정했다.

[베르말식 연공법!]

지금의 에던이 있게 만들어줬던 공부이자, 가장 흔한 연공법을 익히도록 지시한 것이다.

"아드레안에도 기본 연공법은 있겠지?"

처음에는 이처럼 물으며 기왕이면 이미 알고 있고, 익숙한 것으로 다시 초석을 다지게 할 생각이었다.

하지만 앞서 언급되었듯 아드레안에는 '약자를 위한 공부'는 존재하지 않았다.

가장 기본이 되는 연공법에서부터 이미 그들이 나아가야 할 진로와 방향성을 제시하는 그런 공부들로 준비되어 있는 것이다.

당연하게도 기초 연공법이 없는 건 아니었지만, 안정성에 대해서 묻는다면, 한 차례 의문을 제시할만한 그런 것들뿐이었다.

때문에 아드레안이 아닌 외부의 연공법을 찾을 수밖에 없었고, 결국 선택된 게 에던의 베르말식 연공법이었다. 이 부분에 대한 건 루드말의 조언이 크게 작용한 것으로써, 아드레안의 일원이었던 그라넥 역시 동의한 부분이기도 했다.

물론, 그 원형이 되는 라-베르말 연공법도 생각은 해 봤지만, 에던이 내린 결론은 연공의 속도가 아닌 안정성이었던 까닭에, 베르말식으로 고정을 한 것이다.

거기에 에던이 나름대로 변형시킨 베르말식 역시도 전해주었다.

최초 그가 만들어낸 변형이 좌식공을 대표하듯 한 자리에 고정되어 명상하듯 연공을 한다면, 에던이 또 한 번 변형해 낸 건 원형의 형식처럼, 움직이면서도 연공이 가능한 것으로써, 그는 거기서 좀 더 나아가 걷고 또 이동하면서도 연공을 할 수 있게 만든 것이다.

베르말식 하나만 던져줘도 되겠으나, 굳이 거기까지 가르침을 전한 이유는 그라넥의 상태 때문이었다.

과거의 잔재로 인해 오러홀이나 그 통로가 제법 그럴싸한 형태를 갖추고 있다고는 하나, 버서커의 광기가 빠져버리고 그 유지력을 잃어버린 지금, 오러홀과 통로는 매 순간 순간 조금씩 그 형태를 잃어가는 중이었다.

지낸 시간이 있는 까닭에, 당장 빈약한 형태가 되진 않겠지만, 그저 방치하기만 한다면 오래지 않아 남아있던 잔재마저도 흩어져버릴 확률이 높았다.

기왕 가르치기로 한 만큼, 어설피 가르치고자 하는 마음은 없었다. 적어도 제 몫은 충분히 할 수 있는 수준으로 키우고자 했다.

'계획을 위해서라도….'

나름 큰 그림을 그리고 있었고, 거기에서 그라넥은 제법 묵직한 역할이 주어진 상태였다. 이를 위해서라도 더더욱 대충 가르칠 수는 없었다.

하지만 이 같은 마음에는 그라넥의 자세 역시도 한 몫 단단히 했다.

만약 그의 태도가 불성실했더라면, 계획을 일부 변경하더라도 이 정도까지 신경을 쓰려하지 않았을 것이다.

가장 흔하고 낮은 수준의 연공법이라 평가받는 베르말식 연공법을 하루 온종일 익히라는 건, 사실 에던이라 할지라도 선뜻 납득하기 어려운 그런 종류의 공부일 터였다.

그럼에도 불구하고 그라넥은 받아들였고, 열정을 보였으며 성심성의껏 공부에 전념했다.

학생의 태도가 이러한데 가르치는 스승의 자세도 바뀌지 않을 수가 없었다.

'미운 놈 떡 하나 더 준다고 하니까.'

또 다시 어딘가의 격언을 언급하면서, 그렇게 변명처럼

스스로를 다독이며 그라넥에게 공부를 전했다.

물론, 이 같은 가르침의 순간에도 '징벌'을 잊지는 않았고, 꾸준히 전쟁터에 뛰어들며 그 존재감을 널리 알려갔다.

덕분에 이미 그의 존재는 '재해'와도 같은 위치로 변해 있었다.

게다가 이번 사건에서 보여준 그의 능력 때문일까?

왕국과의 관계 및 거래로 인해, 여전히 전쟁터에 욕심을 부리던 길드들도 더는 용병들을 전쟁터로 밀어 넣지 못한 채, 바삐 전장에서 발을 빼는 중이었다.

과거에도 각 길드에게 경고하던 용병왕의 외침은 분명 있었다. 하지만 결국 '한 개인'이라는 인식이 남아있었고, 왕국이 감당할 수 있는 부분이라는 생각 역시도 넘쳐났다.

때문에 욕심을 부릴 수 있었고, 편법으로 조작행위를 벌이며 용병들의 등을 떠민 것이다.

하지만 더 이상 그를 '한 개인'으로 볼 수 없는 상황에 직면했음에, 그들은 진정 '재해'의 의미를 깨닫고 또 받아들이며, 물러서기를 주저하지 않았다.

그래서일까?

하루가 다르게 점차적으로 전장을 찾아드는 시간이 줄어들어갔다. 이 부분에 대해서는 틈틈이 레드문을 통해 정보를 주고받으며 알게 된 것이었는데, 그렇게 줄어들던 횟수는 목적지에 다다를 즈음해서는 더 이상 찾을 일이 없는 수준이 되어 있었다.

당연하게도 그라넥을 가르치는데 좀 더 전념할 수 있었는데, 에던은 이 시간을 통해 작게나마 하나의 '실험'을 시행할 수 있었다.

물론, 실험이라고는 하지만 그라넥에게 해가 되는 건 아니었다. 잘 되면 좋고 안 되도 별 일이 없는 그런 행위로써, 그가 지닌 순수한 마기를 통해, 그라넥의 내부에 남은 흔적들을 '고정' 시켜주는 작업이었다.

이를 행한 이유는 그라넥이 연공에 전념하고 있음에도 불구하고, 아직 그 숙련도가 부족한 까닭인지, 여전히 내부의 잔재가 흩어지는 걸 멈출 수 없다는 이유도 있었지만, 결정적인 건 사실 따로 있었다.

[거짓된 축복!]

레-그라자에서 생활하며 첫 번째 수호자인 에체나에게 배웠던 공부에 대해 나름의 연습을 하고자 한 것이다.

[세계수의 은총!]

엘프들에게 내려지는 신체의 축복을 흉내내기 위함으로써, 곧 태어날 조카아이를 위한 준비과정이었다.

실험이라고는 하나, 앞서 언급되었듯 '축복'의 힘을 담고 있는 까닭에, 그라넥에게는 결코 해가 될 일이 아니었다.

그렇게 실험은 시작되었다.

분명, 곧 태어날 조카를 위한 실험의 일종이었을 것이다. 하지만 에던은 이 과정에서 한 가지 놀라운 변화를 확인했다.

'몸에 잘 받는데?'

버서커를 유지하는 광기 속에 마기가 포함되어 있던 까닭일까? 그라넥은 그의 기운을 생각보다 잘 받아들였던 것이다.

이 같은 뜻밖의 상승작용으로 인해, 에던 역시도 생각보다 손쉽게 축복을 위한 흐름을 읽어나갔고, 그로 인해 빠른 속도로 축복으로 인한 신체의 변화에 대한 이해도를 높일 수가 있었다.

에던으로써는 생각지도 못한 상황으로써, 그야말로 환영할만한 깜짝 선물과도 같은 순간이기도 했다.

그 덕분에 그라넥은 예상했던 시일보다 한참을 앞당겨, 일찌감치 베르말식 연공법 다음의 수업으로 넘어갈 수 있었다.

"정말… 대단하군."

루드말은 이 같은 과정을 옆에서 지켜보면서 연신 감탄에 감탄을 거듭했다.

전통 있는 검가의 가주로써, 대륙에 알려진 건 아니지만, 이름난 명가에는 각기 나름의 신체개조의 공부가 있다는 걸 알고 있었다.

하지만 그것은 육체적인 강화를 도와주는 '보조'적인 역할일 뿐이었다. 이처럼 직접적이면서도 또 극적인 변화를 일으키는 건, 단연컨대 본 적도 들은 적도 없었다.

게다가 상대는 이미 머리가 굵어질 대로 굵어진 성인이

아니던가.

이제 막 태어나, 뼈대나 근육을 비롯한 내부 흐름까지도 유연하기 그지없는 아이들과 달리, 신체적인 형태가 굳을 대로 굳어버린 다 큰 성인의 육신에 특별한 변화를 줬고, 새로운 활력을 불어넣은 것이다.

'마법사들의 인체실험이라면 또 모를까.'

그 말도 안 되는 금술과 비견될 정도라는 게 그의 판단이었다.

그렇지 않고서야 무너져가던 그라넥의 육신이 이 정도까지 회복되고 또 고정이 될 수가 없을 터였다.

세계수의 은총에 대해서 들은 게 없는 까닭에, 이 변화를 일으킨 에던에게 경외감마저 들도 있었다.

'정녕… 인간 한계의 영역을 넘었구나.'

또 다른 의미로써 에던에게 '재해'의 그림자를 보는 것만 같았다.

이런 루드말의 시선이나 감탄을 아는지 모르는지, 에던은 그라넥을 통해 깨우친 축복의 흐름을 매 순간 되새기며, 새로운 계획 하나를 구상하고 있었다.

'이거라면….'

굳어서 변화를 주기 어려운 성인에게도 나름의 효과를 볼 수 있겠다는 생각이 들었다.

물론, 나름의 한계는 명확하다는 것 역시도 깨달았지만, 아이들이 아닌 성인이라는 점을 감안했을 때, '보조'적인 효과만이라도 얻을 수 있다면 충분히 성공적일 터였다.

[스펙터!]

자연스레 떠오르는 얼굴들이 있었다.

그로 인해서 새로운 삶을 내려놓고 다시금 과거의 그림자 속으로 몸을 던진 '퇴물'들의 모습들이 동공을 스쳐갔다.

그들 개개인이 실패를 통해 새로운 변화를 겪고, 한 차례 껍질들을 부쉈다는 건 확실했다.

'하지만… 늙었지.'

분명, 그들은 '퇴물'이라는 단어가 어울리지 않을 정도로 뛰어난 실력자들인 건 분명했다. 하지만 세월의 흐름에서 자유로울 수 없음에, 각자가 지닌 한계도 더욱 분명해질 수밖에 없었다.

'이 힘이라면….'

거짓된 축복이라면, 잠시나마 그들에게 젊음의 활력을 돌려줄 수 있지 않을까?

'…그렇게만 된다면!'

감히 장담컨대, 각국을 대표하는 기사단에도 부럽지 않은 최정예의 전력으로 성장할 수 있을 거란 예감이 들었다.

결심을 굳혔다.

'한다!'

마신의 축복이 본격적으로 그 형태를 갖춰가는 순간이었다.

❖ ✛ ❖

　베덴 루이트를 시작으로 살랏 데인 그리고 쥬호트 마리안 등등…

　그 면면을 살펴보면 하나같이 업계를 뒤흔든 적이 있었던 유명인사들이었다.

　물론, 큰 사건을 기점으로 은퇴하여 더는 업계에서 이름이 불리지 않는 만큼, 이제는 '퇴물'이라 불리기도 하는 이들이었다.

　때문에 그들은 이 갑작스러운 모임과 만남이 어색하면서도 한편으로는 반가운 마음도 적잖이 있었다.

　서로 비슷한 시대를 살아왔기에, 그 같은 감정은 더욱 컸다. 그래서인지 첫 만남임에도 불구하고 그들은 허물없이 어울리는 게 가능했다.

　물론, 전부가 그렇다는 건 아니었다.

　디아낙 크레이든, 세틀 리레아난, 테벡넥 아트아란, 이브릭 등등…

　그들 무리와 제대로 어울리지 못하는 이들도 있었는데, 이들의 경우에는 과거를 사는 이들이 아닌, 현재를 살아가는 이들로써, 현역으로 업계를 활동하는 실력자들이었다.

　그렇다면 이들의 어긋남은 시대의 격차 때문일까?

　분명, 그 같은 이유도 있겠지만, 결정적인 이유를 들라고 한다면, 그들의 본질적인 삶의 차이에 있을 터였다.

앞서 언급되었던 이들과 달리, 그들은 순수한 업계의 일원이 아닌 까닭이었다.

무너져버린 집안을 다시 세우기 위해, 혹은 세상에서 숨기 위해, 또는 새로운 시작을 위해, 그렇게 가지각색의 사정을 들고 찾아든 이들로써, 그들의 과거 그리고 현재를 표현하는 건, 딱 한마디면 충분했다.

[몰락 귀족!]

과거의 업계를 주름잡던 실력자들과 현 업계의 숨겨진 실력자들이 한 자리에 모인 것이다.

비록 그들 사이에 온도차가 존재하기는 하나, 어쨌든 '용병'이라는 동질감에 기대, 어찌어찌 그들은 공간을 공유할 수 있었다.

이 같은 과거와 현재의 실력자들이 이곳에 모인 이유는 무엇일까?

[용병왕!]

그들 실력자들이 한데 모일 수 있었던 결정적인 단어였다.

물론, 그들을 모으는 시작점에서 왕의 이름이 언급된 건 아니었다. 각자가 아는 별도의 전혀 다른 이름들을 통해서 접촉했고, 반응 정도를 통해 목적지와 의미를 부여했으며, 그들이 흔들리던 순간에 왕의 존재를 드러냈다.

의문과 의심 속에서 결국 그들은 한 자리에 모일 수밖에 없었다.

마냥 거짓이라 여기기에는 그들이 모인 장소나 그들을 불러들이던 방법 등등, 여러 부분에서 심상찮은 모습들을 적잖이 봐야 했던 까닭이었다.

때문에 마지막까지 확인하기 위해서라도 그들은 모였고, 또 기다렸다.

진정으로 업계의 새로운 전설을 써 내려가는 존재와 마주할 수 있을지, 그 실상을 확인하기 위해서라도 남을 수밖에 없었다.

그리고,

"오랜만이네요."

그들 기억속의 누군가가 태연한 얼굴로 손을 흔들며 그들의 공유 공간 속으로 들어왔다.

트렉, 이그람, 리브센 등등….

기다리던 이들의 머릿속으로 그를 표현하던 다양한 이름들이 떠올랐다.

하지만 현재 시점에서는 오로지 단 하나의 이름만을 허락하고 있는 존재이기도 했다.

[에던 운트!]

그들을 불러들인 장본인이 등장한 것이다.

❖ ✣ ❖

믿기 어려운 이야기였다.

'그 녀석이?

무려 용병왕이라는 것이다.

기억하기로는 오러도 제대로 쓸 줄 모르는 삼류 중에서도 가장 밑바닥의 용병이었다.

그 생존력은 뛰어난 것인지, 매번 전장에 나가 살아서 돌아오는 게 놀랍기는 했지만, 분명 그 실력 자체는 그야말로 바닥 중의 바닥이었다.

물론, 제법 업계의 험한 진창을 굴렀던 모양인지, 하는 행동을 보고 있노라면 나이에 맞지 않는 연륜이 느껴지기도 했지만, 그래봤자 결국 삼류며 하류였다.

일류가 되기 위한 결정적인 조건은 오러였고, 결국 뛰어난 연공법에 있다고 해도 과언이 아니었다.

아는 것이라고는 기껏해야 삼류들이나 들춰볼 법한 싸구려 연공법들만 머릿속에 잔뜩 심어져 있었고, 그나마도 오러를 느끼지 못하는 것인지, 아니면 다른 문제가 있는 것인지, 수년째 진전이 없단 소리를 들었다.

지닌바 열정에 상관없이, 위로 오르기 위한 재능이 부족한 것이다.

'뭐⋯ 검술 지식은 놀라웠지만.'

물론, 그 방대한 검의 공부 역시도 하나같이 삼류의 수준을 벗어나는 게 없던 까닭에, 잘 쳐줘야 2급이요 운이 좋으면 1급 용병까지가 그의 한계로 생각했었다.

헌데, 뜬금없이 왕의 이름이 언급되고 있었다.

'제정신인가?'

'미친 거 아니야?'

그 같은 생각들이 먼저 들었지만, 정보를 가져오는 이들의 분위기나 만남을 위해 마련된 장소까지, 어느 하나 가볍게 여길 수 없는 것들의 연속인지라, 일단 확인까지는 하고 싶은 마음이었다.

어쩌면 그들을 한 자리에 모으고자, '진짜'가 과거의 인연을 한 자락을 꺼내어 언급한 것일지도 모른다는 생각도 들었다.

그들이 기억하는 그 싸구려 삼류 용병이 아닌, 말 그대로 진짜 '용병왕'이 그들을 찾는 걸지도 모른다는 막연한 한 줄기 의문과 막연한 기대감이었다.

때문에 그들은 눈앞에 나타난 현실 앞에 적잖은 실망감을 드러내야만 했다.

"어째 표정들이 영 별로네요."

그들을 불러 모은 장본인, 스스로를 에던 운트라 칭하는 사내를 보며, 모여 있던 이들은 하나같이 약속이나 한 것처럼, 동시에 표정을 구기며 짙은 한숨을 게워냈다.

기대하던 '진짜'가 아닌, 기억 속의 그 밑바닥 삼류 용병이 그들을 불러 모았다는 진실에, 말도 안 되는 이야기에 속았다는 한심함이 더해지며, 그렇게 짜증을 한껏 얼굴에 드러내게 만든 것이다.

에던은 단번에 그들의 심경을 읽어냈다.

사실, 이는 그가 읽었다고 하기보다, 이곳을 관리하는 이들을 통해서 전해들은 부분이었는데, 레드문의 정보원으로 활동하는 이들이 관찰한 내용이니 만큼, 그 정보의 정확성은 상당히 높을 터였다.

애초에 저들이 모인 이 장소 역시도 레드문을 통해서 얻은 장소로써, 그들이 정보활동을 하기에 원활한 구조로 된 장소였다.

그런 이유로 인해 저들 용병들이 어떤 이야기를 나누고 또 무슨 불만을 품고 있는지에 대해, 제법 상세하게 파악하는 것도 어렵지 않았다.

때문에 에던을 의심하는 이야기도 들을 수 있었고, 이를 토대로 그 심리상태 역시도 짐작하는 게 가능했다.

'하긴… 믿기 어렵겠지.'

우습게도 에던도 저들과 마찬가지였다.

'설마, 내가 용병왕이라고 불리게 될 줄이야.'

과거의 그였더라면 결코 상상도 할 수 없는 상황이며 위치였다.

본인마저도 믿기 어려운 급성장이며 변화였다. 저들의 기분이나 그 생각이 어떨지, 충분히 짐작 가능하며 또 이해할 수 있는 상황이었다.

'뭐… 그렇다고 그냥 넘어갈 수는 없겠지만.'

에던은 조금은 가벼운 미소와 함께 슬쩍 기세를 일으켰다.

쿠르르르르르…

그와 동시에 그들이 머물고 있던 공간 전체가 거대한 울음성을 터트리기 시작했다.

대기가 떨고 대지가 흔들리며 건물을 흔들어 놨다.

"으음…."

일순, 불만스레 얼굴을 구기던 이들의 얼굴 한쪽이 쫘악 펼쳐지며 진한 신음성이 새나왔다.

거짓이라고 여겼던 내용에 진실성이 부여되려 하고 있었다.

비록, 용병계에 한정된 이야기라고는 하나, 그들은 각자 나름대로 업계 내에서 한 가닥 하던 실력자들이었다.

몇몇은 명가의 기사들과 마찰을 일으키고 또 이야기를 만들어 낼 정도로 뛰어난 이들도 존재했다.

그런 만큼, 이들은 용병임에도 불구하고 그 이상을 볼 수 있는 눈과 감각 그리고 경험을 지니고 있었다.

때문에 이 기세에 담긴 의미를 읽어낼 수 있었다.

[별의 영역!]

아무래도 그들 역시도 접한 적 없는 영역이니 만큼, 확신을 하기는 어려웠지만, 그들의 등허리를 타고 흐르는 이 전율을 생각해 봤을 때, 충분히 가능성이 있는 이야기라고 여겼다.

더 이상 에덴의 모습이 과거의 그 나약한 삼류 용병으로 보이질 않았다.

"웃어요. 딱딱하기는! 표정들이 너무 떫잖아요."

나름 우스갯소리라며 가볍게 던진 이야기였지만, 찬물을 끼얹은 것 마냥 정신적으로 커다란 타격을 입은 그들에게, 에던의 농담은 오히려 무겁게 다가들고 있었다.

"트렉… 아니, 에던 운트라고 해야 하나?"

모두가 얼어있는 그 상황 속에서, 처음으로 운을 떼는 사내가 있었다.

외팔이의 노년의 사내였는데, 이 업계에서 활동하기에는 치명적이라 할 만한 오른쪽 팔이 없다는 부분이 유독 사내를 집중하게 만들었다.

물론, 그가 왼팔을 주로 사용한다면 모르겠지만, 그의 전성기 시절 언제나 그는 오른손으로 검을 사용했었다.

"오랜만입니다. 베덴 영감님."

에던은 하얗게 이를 드러내며 웃었다. 그리운 얼굴을 마주하니 절로 미소가 그려진 것이다. 이곳에 있는 이들 중 상당수가 안면이 있었지만, 그 중에서도 유독 몇몇은 제법 깊게 인연을 쌓았던 이들이기도 했다.

그 대표적인 존재가 바로 눈앞의 노년인 '베덴 루이트'였다.

비록 현역 시절에는 1급 용병에서 멈췄지만, 그 실력은 충분히 특급이라고 여겨지던 사내였다. 그 증명의 자리에서 치명적인 상처를 입고 은퇴를 해야 했지만, 분명 그 실력은 특급 용병에 비해 부족하지 않았다.

에던이 양손으로 검을 들 수 있는 기반을 다져준 사내

이기도 했다.

그 스스로가 오른팔의 허전함을 달래고자 왼팔로 검을 들었는데, 우연찮게 에던과 그 인연이 닿아 공부의 일부가 전해지게 된 것이다.

"어째 영감님은 요즘도 싸구려 술만 팝니까?"

"흘… 고놈 참, 여전히 주둥이가 싸구려구만."

뒤이어 한 차례 손을 내밀어 서로의 주먹을 두드린다. 그들의 옛 인사를 떠올리고 기억하며 과거를 회상하기를 잠시, 베덴이 조금은 굳어버린 얼굴로 에던을 향해 물었다.

"그나저나… 네가 정말로 에던 운트냐?"

"뭐, 지금은 그걸로 활동하고 있죠."

이곳에 있는 이들 중, 그 말의 의미를 모르는 이들은 없었다. 그 깊이에서 차이가 있기는 하나, 그들 대부분이 에던과 인연을 맺었던 이들이었고, 그로 인해서 에던의 신분이 한 두 개가 아님을 잘 아는 것이다.

용병들의 생존방식 중 하나로써, 그들 중 몇몇은 그처럼 살아봤던 까닭에, 모를 수가 없었다.

"진짜로 진짜냐?"

재차 이어지는 베덴의 질문에 에던이 실소했다. 단어의 조합이 실로 괴이했던 까닭이었다. 하지만 충분히 의미는 이해됐다.

진정 에던 운트라는 신분이 거짓이 아니며, 용병왕이라는 위치에 오른 것이 맞느냐고 묻는 것이다.

거기에 대한 답변은 가볍게 고개를 끄덕이는 걸로 대신했다.

한차례 베덴의 동공이 흔들리는 게 보였다. 하지만 빠르게 감정을 추스른 듯, 이는 극히 짧은 순간일 뿐이었다.

이내 마른침을 한 번 삼키고는 다시금 질문을 던져왔다.

"증명할 수 있겠어?"

그 물음에 에던의 시선이 그를 지나쳐 다른 용병들에게로 향했다.

베덴과 마찬가지로 매우 반가운 얼굴 몇몇이 보였다.

그 중에서도 살랏 데인과 쥬호트 마리안은 특히 더 반가운 이들이었다.

베덴과 마찬가지로 저들에게서도 적잖은 공부를 전해 받은 까닭이었다.

오러홀이 박살났던 살랏의 경우에는 에던과 비슷한 처지였던 터라, 이를 대신할만한 체술을 비롯하여 다양한 육체적인 공부들에 박식했다.

또한 쥬호트는 발목의 힘줄이 끊어진 대신, 움직임을 극도로 통제하는 공부에 능해, 에던으로 하여금 단 한 번의 칼질에도 의미를 담는 법을 전해줬었다.

그들의 공부 하나하나가 에던에게는 피와 살이 되는 소중한 것들이었다.

물론, 그들 셋 외에도 비슷하게 공부를 일부 전해 받았던 이들이 존재했다. 이들 대부분이 그의 생존에 많은 부분 기

여를 한 것이니 만큼, 반가움이 남다를 수밖에 없는 얼굴들
이었다.

그렇게 '과거' 용병들의 얼굴을 주욱 훑어본 뒤, 이내
'현재'의 용병들에게로 시선을 던져보냈다.

[몰락 귀족!]

업계에 발을 담고 있으나, 한 발은 바깥에 두고 있는 이
들이기도 했다.

'증명이라….'

이 자리에 모인 이들 중, 용병들보다는 저들 고귀한 혈통
들을 납득시키는 게 가장 어려운 일이 될 터였다.

'…그래도 해야겠지.'

에던은 슬쩍 발길을 돌려 바깥으로 향하며 말했다.

"증명시켜드리죠."

무언가에 홀리기라도 한 듯, 용병들이 일제히 그 뒤를 따
랐다.

별 볼일 없어 보이는 자그마한 산골의 평범한 마을이었
다.

하지만 그 실상을 파고들어 보면, 그곳은 더 없이 특별하
고 또 특수한 장소였다.

[레드문!]

바로 대륙 최강을 자랑하는 정보 집단이 훈련소로 사용
하는 장소인 까닭이었다.

겉보기로 봐서는 더없이 평범한 마을로 보이지만 그 별 볼일 없어 보이는 부분까지도 전부 레드문의 설계아래 완성된 부분들이었다.

그리고 이 말인 즉,

'눈치 볼 필요가 없다는 거지.'

에던은 대뜸 너른 공터를 찾아가는가 싶더니, 뒤를 따라온 용병들을 돌아보며 손짓했다.

"증명이라는 거, 한 번 보여드릴 테니까. 알아서들 확인해 보시죠."

그 순간 놀랍게도 베덴이 벼락처럼 달려들었다. 앞서의 그 화기애애한 분위기는 어디로 던져버린 것인지, 마치 생사대적을 상대하는 것 마냥, 날카로운 기세로 사납게 검을 뽑아서 달려들고 있었다.

외팔이라는 게 전혀 믿기지 않는 유연한 발검동작과 거기에 더해, 물 흐르듯 부드럽게 뻗어 나오는 찌르기가 가히 일품이었다.

'과연!'

에던은 옛 시절보다 한층 발전해 있는 베덴의 검격을 보며 작게 탄성을 내질렀다.

특급용병과 비교되던 과거의 스스로를 훌쩍 뛰어넘은 듯 보이는, 그런 깊이를 느낀 까닭이었다.

'여기에 축복이 더해진다면…'

잠시 베덴의 육신 가득 새로운 활력이 깃드는 걸 상상해

봤다. 실로 만족스러운 그림이 그려질 듯싶었다.

그렇게 다른 생각으로 시야가 흐려진 사이, 어느새 베덴의 검이 코앞까지 다다라 있었다.

하지만 목적지에 꽂혀들지는 못했다.

따앙…

유령처럼 솟구친 에덴의 손등이 검면을 두드리며 쳐낸 까닭이었다. 맑은 울림과 함께 검이 튕겨져 나가고, 베덴의 신형이 일순 흔들렸다.

한 차례 베덴이 칼을 내지른 덕분일까?

바짝 얼어있던 다른 용병들도 대뜸 병장기들을 뽑아들며 달려들기 시작했다.

그들에게 많은 대화는 필요 없었다.

이미 이곳은 전장이었고, 그 오랜 향수가 그들의 본능을 자극하며 발길을 전쟁터로 이끈 것이다.

어째서? 왜?

지금 이 순간만큼은 이유 따위가 중요치 않았다.

❀ ✛ ❀

본능이었다.

그저 자리를 잡고 자세를 가다듬은 것만으로도, 그에게서는 진한 전장의 향기가 풍겨 나오고 있었다.

때문에 주먹을 쥐었고 병장기를 들었으며, 뛰어들 수밖에 없었다.

물론, 거기에는 베덴이 먼저 선동하듯 내지른 검격의 영향도 컸다. 아무래도 상대가 내비쳤던 기세와 '용병왕'이라는 단어가 연신 뇌리를 두드리며, 그들 발목을 붙잡았던 까닭이었다.

하지만 베덴이 칼을 뽑아들고 달려드는 걸 보면서, 그들 역시도 족쇄를 끊어낼 수 있었다. 잠시나마 함께하면서 나름의 동료의식이 쌓였던 까닭에, 그의 용기가 다른 이들을 자극한 것이다.

그렇게 '옛' 용병들이 달려드는 모습에, 지켜보고 있던 '현' 용병들이자 몰락한 귀족들의 일원들은 일제히 눈을 빛냈다.

저들 과거의 망령들을 통해, 에던의 실력을 확실히 하고 또 평가하기 위함이었다.

오랜만에 맡는 전장의 향기로 인해, 이성적 판단보다 본능으로 움직이는 저들과 달리, 그들은 현역으로 뛰고 있는 만큼, 에던이 풍기는 전장의 향기에 취하기보다, 일단 한 걸음 물러난 뒤, 일단 이성적인 관찰력과 판단력을 앞세우고자 한 것이다.

더 이상 그들은 에던이 용병왕이라는 부분에 대해 의심하지 않았다.

앞서 겪었던 기세가 그들의 긴장감을 극한까지 몰아세운 까닭이었다.

그 어떤 전장에서도 맡은 적 없던 짜릿한 죽음의 공포였다.

여전히 현역으로 뛰고 있는 만큼, 더더욱 그 느낌이 치명적으로 다가온 것이기도 했다.

본능 앞에 이성을 세웠다지만, 사실 어쩌면 그 같은 감각이 좀 더 묵직한 족쇄가 되어, 그들의 걸음을 옭아매고 있는 것일지도 몰랐다.

이유야 어찌 되었건, 일단 한 걸음 혹은 반걸음 물러난 자리에서 전장을 바라보며 관찰을 시작했고, 그렇게 옛 용병들과 용병계의 정점이 어우러지는 전쟁터에 집중하며 빠져 들어갔다.

❖ ✢ ❖

하나같이 오랜 세월을 전쟁터를 떠나있던 이들이었다. 그럼에도 불구하고 여전히 전장을 기억하고 있던 것일까?

각자의 병장기를 뽑아들고 달려드는 찰나의 순간, 흥분으로 물들었던 눈빛에 차가운 이성이 깃들었고, 목적지에 다다를 무렵에는 어느새 과거의 날카로움이 동공 속에서 번뜩이고 있었다.

분명, 저들이 이곳에 모여 나름 함께한 시간이 존재하긴 했다.

하지만 그 시간 동안 서로가 합을 맞춰보거나 손을 섞어봤다는 의미를 아니었다. 그저 대화를 나누고 가벼운 농지 거리나 섞어봤을 것이다.

그럼에도 불구하고 짧은 순간, 그들은 서로 눈짓을 나누고 자리를 섞어가며, 나름 합격이라 할 만한 위치와 자세를 갖춰가고 있었다.

마치 잘 단련된 용병단이 전장의 흐름에 맞춰, 적절히 진형을 갖춰가는 것 같았다.

비록 은퇴를 한 이들이라고는 하나, 그들은 하나같이 각 지역에서 이름깨나 날리던 용병들이었다.

원치 않게 업계를 떠났지만, 이후로도 각자 나름의 방식대로 육체적인 단련을 거듭해 온 이들이기도 했다.

실전의 감각에서는 멀어졌지만, 신체의 감각까지 떨어진 건 아니었다.

때문에 에던이 만든 전장의 향기 속에서, 빠르게 옛 기억을 되새기며 억지로나마 실전의 감각을 끌어올릴 수 있었다.

물론, 말 그대로 상황에 이끌리듯 만들어진 흐름이니 만큼, 완벽할 수는 없었다.

한 눈에 봐도 틈이라고 불릴 만한 것들이 제법 보였고, 조금은 굳어있는 동작들 역시 눈에 담겼다.

하지만 나름의 합을 맞춰가며, 이리저리 압박을 더해가는 모습에서, 저들의 기세만큼은 분명한 '진짜'라는 걸 느끼게 해 줬다.

서걱…

아슬아슬하니 눈앞을 스쳐가는 칼질에 머리카락 몇 가닥이 잘리며 흩날리는 게 보였다.

한 번, 두 번, 저들의 칼질 횟수가 더해짐에 따라, 날카로움도 함께 더해지는 걸 느꼈다.

비록 퇴물이라고 불리는 이들이라지만, 그저 헛되이 시간을 보내온 건 아닌 모양인 듯, 빠르게 실전의 감각을 되찾아가고 있는 것이다.

게다가 하나같이 1급 용병의 수준을 넘어, 특급이라 부르기에 부족함이 없는, 오히려 넘치는 몸놀림들을 보여주고 있었다.

물론, 에던이 하고자 한다면, 이런 위협을 받는 상황 자체가 벌어지지 않은 채, 깔끔하게 전장을 마무리 지을 수 있을 것이다.

하지만 애초에 이 전장 자체가 그의 의도 아래에 벌어진 것이니 만큼, 일찌감치 마무리를 지을 생각은 없었다.

오히려 저들 개개인의 실력을 보며 확인하기 위해서라도, 스스로의 동작에 제약을 두고 있는 상황이었다.

비록 정식으로 배우고 길을 닦아온 기사들에 비할 바는 아니지만, 저들 각자는 개개인의 삶을 걸고 생사의 경계 속에서 나름의 공부를 쌓아올리고 경지를 이룬 이들이었다.

'특히… 치열함만큼은 진짜지.'

동작 하나하나에 제멋대로인 경향이 드러나기도 하지만,

오히려 그 같은 개성들이 여럿 모여서 절묘하게 어우러지니, 도리어 빈틈이나 무뎌진 실전의 감각들이 화려하게 감춰지는 느낌이었다.

일격에 필살이라고 해야 할까?

대개 용병들은 단 한 번의 칼질에 생사가 갈리는 전장을 자주 들락거리고는 하는 까닭에, 두 번이나 세 번의 공격을 염두에 두기 보다는, 극단적이라 할 만큼 처음의 공격에 모든 걸 쏟아 붓는 경우가 많았다.

물론, 경험이 쌓이고 전장을 읽는 눈이 생기게 되면, 일격이 아닌 이격 그리고 그 다음의 상황까지도 염두에 두는 방법을 깨닫게 되지만, 지금 이 순간만큼은 그들에게 2격과 3격은 없었다.

그저 일격에 모든 걸 내던질 뿐이었다. 오랜만의 실전이기에 '다음'의 흐름까지 읽어낼 만한 여유가 그들에게는 없는 까닭이었다.

게다가 상대 역시도 특별하지 않던가.

[용병왕!]

전심전력으로 부딪쳐야 하는 상대였다.

때문에 비록 저들과 에던의 격차가 크게 난다고는 하나, 단 한 번에 모든 걸 내던지는 저들의 일격 일격은 결코 가볍게 여길 수 없는 진한 무게감이 그득했다.

게다가 1대 1이라면 모르겠으나, 상대는 무려 서른이나 됐고, 거기에 더해 절묘한 합격의 흐름으로, 필살의 일격이 연격으로 이어지는 구도까지 그려내고 있었다.

저만한 무게가 실린 검격이라면, 명문 검가의 고위 기사들도 정면으로 부딪치는 건 피했을 것이다. 말 그대로 혼신의 힘을 다한 일격이기 때문이었다.

그런 검격이 쉴 새 없이 이어지고 있었으니, 적어도 공격력에 있어서만큼은 명가의 고위기사들과도 어깨를 나란히 할 수 있을 거라 여겼다.

물론, 전체적으로 비교를 한다면야 그들에게 미치지 못하겠지만, 어쨌든 당장 그 부분만큼은 결코 부족하지 않았고, 에던으로써도 작게나마 감탄사를 터트리기에 충분했다.

'게다가… 수법도 상당히 괴상해.'

슬쩍 그의 시야를 가리며 들어오는 상대의 검격이 보였다. 일단 몸을 회전시키는 듯 보이는 동작으로 검을 가리고, 그 상태를 이어가며 회전력을 심는다.

이후 다시금 정면이 모습을 드러냈을 때, 검격은 전혀 엉뚱한 방향에서 그를 찾아들고 있었다.

검이라는 건 기본적으로 손으로 쥐고 휘두르는 것이다.

'몸으로 휘두르는 검이라….'

좀 더 정확히는 팔이라고 해야 할까?

손으로 쥔 것이 아니라, 팔과 몸 사이에 끼워서 검을 휘두르고 있었는데, 겨드랑이라고 불러야 할 부분에서 불쑥 날이 솟아오르는 장면은 그야말로 괴이함 그 자체였다.

위력은 떨어질 수 있으나, 갑작스런 접근과 근거리에서 튀어나온 예리함의 돌발성으로 인해, 작게나마 반응이 늦어질 수밖에 없었다.

서걱…

옷깃이 잘려나가는 게 보였다. 회전력이 담긴 까닭에, 부족한 위력을 충분히 감당할만한 예리함이 남아있었다.

그 예기가 슬쩍 파고들며 피부에 따끔한 자극을 남겼다.

'…제법인데.'

이런 독특한 공격방식이 저들에게는 넘쳐났다. 에던 역시도 저와 같은 특이하고도 변칙적인 공격법들에 통달한 까닭에, 저러한 공격의 장점과 단점 역시도 잘 파악하고 있었다.

'회심의 한 수가 될 수 있다는 건 분명하지.'

하지만 역공의 발판이 될 수도 있다는 것도 확실한 부분이었다.

변칙적인 공격을 위해 좁혀졌던 거리는 분명 여전히 변함이 없었다. 비록 그가 검격을 피하기 위해 간격을 늘렸다지만, 일반적인 검격의 감격과는 달랐다.

근접전에 가까운 거리였고, 그에게는 가장 익숙한 간격이었다.

저들의 실력을 좀 더 확인하고 싶은 마음도 컸지만, 일단 이 자리는 그를 증명하기 위해 마련된 것이니 만큼, 욕심은 적당히 부리는 게 좋았다.

생각과 동시에 발이 나갔다. 손으로 잡기에는 멀고 검을 뻗기에는 너무 가깝기에, 발을 내지른 것이었다.

콰득…

정확히 갈빗대에 꽂혀드는 발차기에 상대의 숨넘어가는 표정이 눈에 들어왔다.

저들과 달리 일격에 필살의 의지를 담은 건 아니니 만큼, 정말로 숨이 넘어가지는 않겠지만, 전장을 이탈할만한 타격은 될 터였다.

일단 한 명을 잡고, 그 공간 속으로 파고들면서 틈을 넓혔다.

빠르게 자리를 메우려는 움직임이 보였지만, 앞서도 언급했다시피 저들의 합격 속에는 애초부터 빈틈이 존재했다.

처음 손을 맞춰보는 것 치고는 나름 잘 맞물리고 있다지만, 결국 정식으로 합을 맞춘 건 아니었고, 이는 시간이 흐를수록 더욱 큰 틈으로 연결될 수밖에 없었다.

물론, 시간이 흐르면서 합이 더욱 잘 맞는 경우도 있기는 했다.

하지만 거기에는 조건이 붙었다.

'서로 호흡을 나눌 수 있어야지.'

에덴이 보기에 저들은 그 같은 조건과는 멀었다. 세 명에서 네 명 정도의 적은 수였더라면, 짧은 순간에도 여러 차례 합을 맞추면서, 오히려 시간이 흐를수록 호흡이 맞아

떨어졌을 것이다.

하지만 저들은 무려 서른이나 됐다.

결코, 적은 수가 아니었고, 그런 만큼 서로가 자주 합을 맞추는 경우의 수 역시 많아질 수밖에 없었다.

이 같은 경우는 도리어 시간이 흐를수록 손발이 꼬이는 경향이 두드러지고는 했는데, 에던이 갑작스럽게 만든 큰 틈은 이를 더욱 가속화시키기에 충분했다.

물론, 그렇다고 해서 손쉽게 당해주지는 않았다.

"퉤!"

침을 뱉고,

화악…

흙을 뿌린다.

검격은 미끼로 둔 채 몸을 던지고, 아예 그 같은 모든 행위 자체를 미끼로써 내거는 것 역시 아끼지 않는다.

어쩔 수 없는 선택이었다.

마치, 저 높은 설산에서 자그마한 눈송이를 굴려 거대한 눈덩이를 만들듯, 그렇게 틈 하나를 가지고 점차적으로 키워나가는 걸 느낀 까닭이었다.

한 번 열려버린 틈은 그들이 어떤 노력을 퍼부어도 쉬이 닫히려 하지 않았고, 이런 부분이 더욱 저들을 다급하게 만들며 최악이라 할 만한 수법들까지 꺼내들게 만드는 것이다.

하지만 그럼에도 불구하고 답은 나오지 않았다.

머릿속에 복잡해지는 그 순간 새로운 무리들이 전장에 난입을 시도했다.

그 순간 에던의 입 꼬리가 올라갔다.

'이제야 끼어드는군.'

조금 늦은 감이 있었지만, 오히려 적절한 시기일수도 있었다. 그가 만들어 놓은 틈이 넓혀지며 합격의 흐름이 찢어져버릴 수도 있는 순간, 적절히 그 사이사이로 자리를 잡으면서 틈을 메우고 들어온 까닭이었다.

베덴을 비롯하여 앞서 대치하던 무리와 달리, 저들은 현역으로 뛰는 용병들이었다.

뿐만 아니라 몰락 귀족으로써 제대로 된 공부를 익히기도 한 만큼, 전장의 흐름을 느끼는 감각뿐만 아니라 보는 안목도 남다른 것이다.

때문에 오히려 지금 타이밍에 끼어든 것일지도 몰랐다.

무너지려던 전선이 급속도로 복구되는 걸 느끼며, 에던이 슬쩍 한 걸음 물러났다.

그를 향한 압박감이 한 순간에 배로 증폭된 까닭이었다.

'과연… 진짜배기라 이건가.'

찰나의 순간, 틈을 메우고 오히려 역공의 흐름까지 만들어버린 것이다. 감탄이 절로 나오는 일련의 흐름에, 에던은 고개를 끄덕이며 다시금 자세를 가다듬었다.

분명, 증명을 위한 자리였다.

하지만 연신 물러나며 상대에 맞춰주는 모습을 보고 있노라면, 절로 의문이 들 수밖에 없었다.

"저런 식으로 해서는… 저들이 납득하지 못할 것 같은데요."

그라넥의 걱정스런 물음에 루드말이 가벼운 실소와 함께 고개를 저었다.

"이미 증명은 끝난 거나 다름없다."

의외의 대답이었던 까닭일까?

그라넥은 이해하기 어렵다는 얼굴로 그를 바라보다가 다시금 전장으로 시선을 돌렸다. 그러며 두 눈에 힘을 주어 유심히 살펴보지만, 안타깝게도 느껴지는 바가 없었다.

이 같은 그라넥의 모습에 루드말이 재차 실소하며 입을 열었다.

"눈으로 보는 것과 몸으로 겪는 것의 차이지."

그러면서 에던을 가리킨다.

"자네 눈에는 그저 방어만 하는 것처럼 보일거야."

뒤이어 에던 주변의 용병들을 가리키며 말을 이었다.

"하지만 저들에게는 거대한 벽이 눈앞에 세워져 있는 것처럼 느껴질 걸세."

실제 그의 말 그대로였다.

에던을 상대하고 있는 용병들은 그야말로 뒤를 생각하지 않는 혼신의 일격을 매 순간순간 휘두르고 있었다.

말 그대로 전심전력을 다 한 일격이니 만큼, 그 한 번의 칼질에는 막대한 심력이 소모되기 일쑤였고, 자연히 이런 행위를 너무도 허무하게 흘려보내는 에던의 존재가 막막하게 여겨질 수밖에 없었다.

"에던 저 친구는 이미 스스로를 증명한 것이나 다름없지. 오히려 지금 저 자리는 역으로 저들, 용병들이 에던 저 친구에게 증명하기 위한 자리가 되어버렸다고 해도 이상하지 않을 거야."

이는 막 합류를 시작한 귀족가의 후예들에게도 똑같이 적용되는 이야기였다.

그라넥과 다르게 그들은 한 걸음 물러나서 지켜보고 있었을 뿐이지만, 이미 용병들이 느끼는 벽의 존재를 인지하고 있었다.

비록 한 걸음 물러난 장소에 있었다고는 하나, 전장의 공기는 그들 주변까지 에워 쌓고 있던 까닭에, 간접적이나마 그 흐름을 느낄 수밖에 없던 것이다.

물론, 가까이서 보고 관찰했던 것 역시 주요한 이유가 되기는 했다.

"하지만… 좀 더 명확하게 증명할만한 걸 보여줘야 하지 않을까요?"

그라넥의 물음에 루드말이 고개를 끄덕였다.

"분명, 좀 더 눈에 보이는 증명이 필요하기는 하겠지. 그렇지만 일단은 저들의 피부와 감각 속에 새겨놓은 작업도 중요해."

거기까지 이야기하던 루드말의 머릿속에 에던과 나눴던 대화가 떠올랐다.

[그라넥에게 그들을 가르치게 할 겁니다.]

말도 안 되는 소리였다.

비록 퇴물이라 불리는 이들이라고 하나, 어찌 되었건 나름 경지를 이뤘던 실력자들이었다. 뿐만 아니라 귀족가의 후예로써 상당한 자존심을 지닌 이들도 함께 섞여있었다.

그런 무리들의 스승 역할을 맡긴다?

[반발이 심할 거야.]

루드말은 그리 말하며 부정적인 의견을 내보였다.

그도 그렇게 그라넥의 상태에 문제가 있는 까닭이었다.

버서커의 광기를 벗고 지난바 괴력을 잃어버린 뒤, 한참을 퇴보해버린 그라넥의 상태는 아슬아슬하게 기사라는 위치를 유지하는 정도였다.

대상이 비록 용병이라고는 하나, 죄다 '특급'이라 불리기에 합당한 존재들이었다. 제법 이름난 기사들이라 해도 쉬이 승부를 장담할 수 없는 이들인 것이다.

그라넥이 아드레안의 기사라고 할지라도, 실질적으로 드러난 실력에 부족함이 비친다면, 저들은 결코 그의 가르침을 인정하려하지 않을 것이다.

[결국, 간절함이 자존심을 이길 겁니다.]

하지만 에던은 그 말과 함께 저들 용병들과 귀족의 후계들에 대해 상세히 이야기를 해 줬고, 이를 다 듣고 날 즈음에는 일말의 가능성에 대해서 고려할 수밖에 없었다.

[그렇게까지 확신하는 이유가 뭔가?]

때문에 반박이 아닌 의문으로써 에던의 생각을 듣고자 했고, 그에 대해서 에던은 짧게 답해줬다.

[강자를 위한 공부를 알고 있으니까요.]

그라넥은 아드레안에서도 드문 '약자'였고, 그 때문에 더더욱 아드레안의 공부들을 세심히 파고든 경험이 있었다.

바라는 건 약자를 위한 공부였지만, 배우고 익힌 건 결국 강자의 공부인 것이다.

[진짜를 데려다 놓는다면, 결국 저들도 인정할 수밖에 없을 겁니다.]

물론, 루드말의 이야기처럼 마찰이나 갈등은 필연적으로 발생할 것이다.

[그 부분은 직접 해결해야지요.]

약자의 공부를 가르쳐달라고 한 건 그라넥 본인이었다. 에던 스스로도 가르치기는 할 것이나. 그보다는 알아서 보고 배우기를 원했다.

아무래도 귀찮다는 이유도 있겠지만, 굳이 그게 아니더라도 저들 용병들과의 생활이 큰 도움이 될 거라 여긴 것도 있었다.

애초에 저들의 삶은 에던의 것과 크게 다르지 않은 까닭이었다.

물론, 지난바 머물던 진흙탕의 차이는 분명 있겠지만, 어쨌든 한 동네라는 건 분명한 사실이었다.

그런 의미에서 옛 용병과 몰락해버린 귀족가의 후예들은 그라넥이 바라는 약자의 공부를 뼛속깊이 새긴 이들이었다.

강자의 공부를 알았더라면 어찌 그들이 몰락했으며 퇴물이라 불리게 되었겠는가.

그럼에도 불구하고 꾸역꾸역 바닥을 기어 오른 과거가 있었다. 에던 스스로가 그 치열한 현장을 가장 생생하게 경험했기 때문에, 저들은 '진짜'를 앞에 두면 결국 자존심을 굽히게 될 거라는 걸 알았다.

그라넥의 이야기처럼 좀 더 명확한 증명이 필요하기는 했다. 하지만 그 이전에 그라넥이 저들에 대해 알아둘 필요성도 있었다.

때문에 의도적으로 이렇게 시간을 들여가며 상황을 정리하고 있는 것이다.

물론, 루드말의 이야기처럼 저들 피부에 직접 증명의 의미를 새겨 넣는 것 역시도 중요하기는 했다.

하지만 결국 그라넥을 의식한 부분이 좀 더 크게 작용했을 거라 여겼다.

'굳이 말해 줄 필요는 없겠지.'

때문에 이를 숨긴 채, 그라넥으로 하여금 최대한 전장에 집중할 수 있게 조언을 아끼지 않았다.

"그나저나… 슬슬 끝나가는 모양이군."

용병들과의 전투가 길어진 또 다른 이유 중 하나는 귀족가의 후예들이 뒷짐을 진 채, 그저 구경만 하고 있던 까닭도 적지 않았다.

그들이 합류한 지금, 전장은 빠르게 변화를 맞이하고 있었고, 에던 역시도 상황에 맞춰 속도를 더해가는 중이었다.

❖ ✛ ❖

몰락 귀족, 귀족가의 후예들이 전장에 뛰어든 순간, 밀려들던 압박감이 변화하고 진형은 한 차례 그 형태를 달리하기 시작했다.

빈틈이 메워지고 합격의 수준이 높아진 것이다. 변화는 한 번이었지만 그 수준은 두어 단계는 훌쩍 뛰어넘고 있었다.

그저 뒷짐만 진 채 구경만 했던 건 아닌 듯, 투입과 함께 진한 변화를 일으킨 것이다.

갑작스런 난입에 눈살을 찌푸리던 용병들도 이 같은 변화를 체감하고 있던 까닭에, 즉각 표정을 풀며 그들에게 옆자리를 허락하기 시작했다.

파파파파파팡…

찰나의 순간, 에던은 십여 차례에 가까운 공격을 받았고 방어 속에서 반격을 개시했다.

허나 어느 하나도 제대로 성공한 건 없었다. 앞서 혼신의 일격으로 뒤를 돌아보지 않던 용병들과 달리, 귀족가의 후예들은 2격과 3격 그리고 그 다음의 공방을 염두에 둔 채 움직이고 있는 까닭에, 에던의 공격에 대한 방비를 철저히 해 둔 것이다.

그리고 이 같은 방비는 용병들의 검 끝을 더욱 날카롭게 만들어줬다.

든든하게 뒤를 받쳐주는 힘이 더해졌음에, 더욱 모든 걸 내건 채 검격을 쏟아 부을 수 있었다.

급조된 합격이며 호흡이었지만, 제법 그들 두 무리의 조합이 잘 어울린다는 생각을 하며, 에던이 한 차례 고개를 끄덕였다.

동시에 그의 눈빛이 돌변했다.

찌릿… 찌릿…

순간, 용병들과 귀족가의 후예들은 등허리를 타고 오르는 저릿하고도 불길한 예감을 느꼈다.

'온다!'

증명의 시간이 끝나가고 있음을 깨달았다.

훌쩍…

과감히 거리를 좁히며 팔다리를 휘두르는 에던의 모습이 보였다.

압도적인 속도와 파괴적인 괴력?

다행스럽게도 그런 건 없었다. 하지만 불행하게도 그로 인해 더더욱 확실한 격차를 느끼게 만들었다.

첫 번째 용병의 칼질이 에던을 노리며 날아든다. 그 속도에 맞추듯, 호흡에 반응하듯, 에던의 전진이 살짝 멈추고 육신이 칼질의 궤적을 흘려보낸다.

앞서 언급되었던 혼신의 일격이었고, 뒤는 없었다. 그 공백을 채우기 위해 귀족가의 후예들이 움직이는데, 거기서 에던은 작은 변화를 더했다.

틈을 메우기 위해 밀려드는 칼질 속으로 뛰어든 것이다. 그 순간 공백을 채우던 이의 눈가에 짙은 그늘이 내려앉았다.

찰나의 순간, 에던의 행동에 담긴 의미를 깨달은 것이다.

앞서 용병들의 검격은 뒤가 없는 검, 모든 걸 내건 일격이었다. 그에 반해서 틈을 메우기 위해 뻗은 일격은 뒤를 염두에 둔, 여유가 있는 공격이었다.

'확실히… 틈은 저쪽이 더 크지.'

슬쩍 흘려보낸 검격과 용병을 곁눈질로 보던 에던이 목표물이 된 귀족가의 후예를 바라봤다.

'하지만 무게감은 이쪽이 더 가볍지.'

정면으로 받아내기에는 딱 적당한 무게감이었다. 물론, 상대가 '보조'적인 역할을 한다는 부분도 먹잇감으로 삼은 이유였다.

부욱…

옷가지가 뜯겨나가는 소리가 들려왔다. 에던의 것이었다. 과연, 실전감각이 뛰어나다고 해야 할까?

그의 의도를 눈치 챈 순간 검을 내던지며 최소한의 틈을 만들고자 발악을 해 온 것이다. 하지만 에던은 이를 무시하며 그대로 달려들었다.

살짝 몸을 흔들어 피해낸 것이다. 그 와중에 옷자락이 찢겨나갔지만, 덕분에 그가 바라던 간격이 손아귀에 들어왔다.

빠악!

가볍게 올려친 일격에 턱이 돌아가고 신형이 떠오르는 게 보였다. 앞서와 마찬가지로 딱 전장을 이탈할만한 충격만 집어넣은 일격이었다.

그리고 이 한 번의 반격이 시작이었다.

급히 다른 방향에서 새롭게 벌어진 틈을 메우고자 달려들었지만, 말 그대로 '급한' 경향이 있었다.

저들은 차라리 이 공간을 내어주고, 좀 더 침착히 대응하는 게 나았다. 일보 후퇴 후 정비를 하고 반격을 준비했더라면, 좀 더 괜찮은 구도가 나왔을 것이다.

하지만 급조된 합격이었기에 여유가 없었고, 한 번의 실수로 날조된 호흡은 비틀어지기에 충분했다.

진짜처럼 보이고 있었지만, 결국 저들의 합격은 거짓투성이란 의미였다.

에던이 그 스스로의 증명을 위해, 그리고 저들의 증명을 위한 의도적으로 양보했기 때문에, 그나마 여기까지라도 올 수 있었고, 저 정도나마 호흡을 맞출 수 있던 것이다.

물론, 실수는 있었지만, 이를 메우기 위한 침착한 움직임도 보이기는 했다.

하지만 여기서 또 한 번 문제점이 드러났다.

전직 용병과 현역 용병!

그 둘 사리의 괴리감이었다.

몰락 귀족과 용병이라는 거리감과는 달랐다. 이는 '실전' 감각과 관련된 부분이었기 때문이다.

갑작스런 전장의 향기로 인해 과거로 뛰어들 수 있었지만, 결국 전직 용병들은 현실을 마주해야만 했다.

혼신의 일격밖에 떠올리지 못한 그들의 움직임이 점차적으로 현직 용병들의 행동을 방해하기 시작한 것이다.

점차적으로 합격의 호흡이 흐트러지고, 그 두 무리의 손발이 꼬이기 시작했다.

당연하게도 에던은 이를 놓칠 이유가 없었다.

빠바바바바바박…

마치 폭풍이 몰아치듯, 눈 깜짝할 사이에 절반의 용병들이 바닥을 누웠다.

그리고 남은 절반,

"꿇어!"

에던은 단 한 마디로 그들마저 굴복시켰다.

쿠쿠쿠쿠…

별빛 너머의 기세가 한 순간에 휘몰아치며 그들을 짓밟았고, 그렇게 남은 절반마저도 바닥에 주저앉아 버렸다.

호흡이 흐트러져 오합지졸이 되어버린 합격에 더는 증명이 필요하지 않음을 깨닫고, 화려한 마무리로 시간을 끝내버린 것이다.

❖ ✢ ❖

아무리 외진 공터에서 일을 벌였다지만, 마을에서 전투가 벌어진 건 여러모로 말썽이 되기에 충분한 사건이었다.

그렇지만 어느 누구도 그 문제를 가지고 지적을 하는 이들이 없었다. 애초에 언급하는 이들도 찾아보기가 어려웠다.

"전부 가짜였군."

베덴은 한 눈에 이 마을 자체가 거짓으로 꾸며진 것임을 알아챘다.

그렇지 않고서야 저리 태연한 모습으로 다시금 일상을 이러나갈 수가 없었다.

이에 동의하듯 살랏이 고개를 끄덕이며 창밖을 내려다봤다. 익숙한 얼굴 하나가 그곳에 보였다.

'에던 운트…'

설마하니 과거의 그 풋내 나던 밑바닥의 삼류 용병이 저런

275

거물이 되어서 나타날 줄이야.

뿐만 아니라 그의 곁에 있는 존재도 의외였다.

'아드레안의 후계자라…'

물론, 지금이야 그 자리에서 쫓겨났다지만, 중요한 건 명가의 후예가 가르침을 청하고 있다는 점이었다.

게다가 이야기는 거기서 끝이 아니었다.

'드라필만의 주인이라.'

설마 싶었던 거물이었다.

멀리서 들려오던 이야기 정도는 들었기에, 용병왕과 함께하고 있다는 건 알았지만, 그렇다고 이렇게 직접 마주하게 될 줄이야.

물론, 직접적으로 인사를 나눈 건 아니었지만, 어쨌든 근접거리에서 얼굴을 봤던, 짧게나마 눈빛을 교환했다는 게 중요했다.

퇴물이라 불리는 만큼, 그들 '옛' 용병들은 과거를 살던 이들이었다.

드라필만의 주인은 남다른 의미가 있을 수밖에 없었다.

그들 시대의 별빛이며, 여전히 시대를 살아가는 별의 일원이기 때문이었다.

용병이라는 영역에서 본다면, 그들의 왕인 에던이 더 특별하겠지만, 일단 시대적 괴리감에 루드말의 존재가 더욱 의미 있게 느껴질 수밖에 없었다.

그런 이유로 귀족가의 후계들 역시도 루드말의 등장에

매우 흥분한 눈치였다.

비록 용병계에 몸을 담고 있다고는 하나, 과거의 영광을 잊어버린 건 아닌 까닭이었다.

동대륙을 대표하는 명문 검가의 주인이자 고위 귀족인 루드말 드라필만과 한자리에 있다는 건, 그들에게 남다른 의미로 다가올 수밖에 없었다.

이런저런 이유로 인해 지난밤은 그야말로 잠을 설치게 만드는 하루였다.

그렇게 하루가 지나, 오늘에 이르자 작게나마 생각이 정리되고 심적인 안정감을 찾을 수 있었다.

"어찌하실 겁니까?"

문득, 날아드는 물음에 베덴의 고개가 옆으로 돌아갔다.

'쥬호트 마리안.'

이곳에서 처음 얼굴을 익힌 사내였지만, 은퇴 이후에도 업계에 한 쪽 귀는 열어두고 있던 덕분에, 관련된 소문 정도는 제법 들을 수 있었다.

물론, 그렇게 들어오는 소문이라고는 결국 굵직굵직한 사건들이 대부분이었는데, 그런 의미에서 쥬호트는 업계 내에서 제법 굵직한 위치에 있던 존재였다.

그처럼 기사들과 자웅을 겨룰 만큼 뛰어난 실력자로써, 안타까운 사고로 은퇴를 하게 된 사내였다.

한 차례 쥬호트를 바라보던 베덴의 시선이 주변을 한 차례 훑었다.

그를 비롯하여 살랏 그리고 쥬호트 그 너머로 '멥슨'과 '드리낙'까지, 이곳에 모인 용병들 대부분이 에던과 인연이 있는 이들이겠지만, 그들 중에서도 이렇게 다섯은 좀 더 각별한 관계를 가지고 있는 이들이었다.

베덴은 스스로의 경우를 토대로 저들 역시도 비슷할 거라 여겼다.

아주 잠깐의 만남이었지만, 그는 에던에게 지니고 있던 공부의 상당수를 전해줬다.

'독기가 바짝 오른 모습이 괜히 신경이 쓰였었지.'

첫 만남 당시에 에던은 어렸다. 제법 업계를 굴렀다고 여기는 그로써도 보기 드문 연령대의 나이였다.

때문에 안쓰러운 마음에 공부를 일부 전했었다. 짧은 대화를 나눴지만, 그것만으로도 나머지 네 명도 비슷하게 에던과 관계를 맺고 있다는 걸 알았다.

'그 어린 녀석이 저렇게 성장할 줄이야.'

나름 깊은 인연을 맺었다고는 하나, 어찌 보면 한 때의 스쳐가던 인연이기도 했다.

때문에 생각해보면 굳이 이곳까지 올 필요는 없었을지도 모른다. 하지만 그 역시 아직은 이 바닥에 미련이 남아있었고, 에던의 부름이 조금은 반갑기도 했기에 과감히 걸음을 한 것이다.

어쩌면 원치 않은 은퇴였기에, 더더욱 진한 미련이 남아있던 걸지도 몰랐다.

그런 이유로 마지막 아쉬움을 털어내고자, 그렇게 발길을 한 것이다.

'설마… 그게 이렇게까지 큰 일이 될 줄이야.'

용병왕의 이름이 언급되고 당사자가 등장할 거라고는 상상도 못했다.

애초에 에던 운트의 과거를 떠올린다면, 잘 쳐줘도 1급 의뢰 정도를 나누는 거라고 여기면서 걸음을 한 것이다.

하지만 막상 현장에 와서 보니, 사건이 생각보다 큰 정도가 아니라 상상을 초월하는 규모였다.

여러모로 부담스러웠다.

'하지만….'

왠지 모르게 가슴 속 깊이서 타오르는 무언가가 있었다. 미련의 잔재라는 불씨가 시작이었지만, 새로운 장작이 던져지며 꺼져가던 불길을 다시금 새롭고 또 뜨겁게 일으키는 느낌이었다.

확인하고 싶은 마음도 컸다.

[용병왕!]

비록 은퇴했다고는 하나, 그들은 과거를 떨쳐버리지 못한 채, 그렇게 업계를 향해 한쪽 귀를 열어두고 있었다.

때문에 새로이 전설을 쌓아올리는 별의 주인이 궁금할 수밖에 없었다. 그리고 경험하며 전율했다.

첫 만남에 에던의 얼굴을 확인했을 땐 잠시 실망감이 어렸지만, 경험을 통해 '진짜'라는 걸 깨닫고는 얼마나

놀랐던가.

여기까지 발을 들인 이상, 더는 물러나기도 어려웠다.

[편하게 생각 하세요.]

물론, 에던은 그처럼 말하며 그들이 바라는 대로 행동하라고 했지만, 왠지 발길이 떨어지지 않았다.

이는 그들 다섯을 제외한 다른 용병들 역시 마찬가지였다.

서로가 깊이는 다를지언정, 에던과 나름의 인연들을 맺고 있던 까닭이었으며, 동시에 그들 역시도 마지막 불씨가 가슴 한편에 남아있던 탓에, 이 순간을 쉬이 내버릴 수가 없는 것이다.

[꿇어!]

문득, 진실한 '왕의 위엄' 을 마주하던 순간이 떠올랐다. 그것은 전율이며 동시에 공포였다.

단 한마디의 절대 명령과 함께, 쏟아진 기세 속에서 육체가 의지를 벗어나 알아서 바닥으로 가라앉았고, 고개는 그보다 깊이 지면을 파고들었다.

경험하지 못한, 그야말로 미지를 향한 두려움이었다.

'어찌 할 거냐라….'

베덴의 시선이 재차 에던 곁의 사내, 그라넥에게로 향했다. 그를 비롯하여 이 공간에 있는 다섯 용병들이 한 자리에 모인 이유는 사실 따로 있었다.

그들에게만 별도로 전한 이야기가 있던 까닭이었다.

[앞으로 이 녀석이 여러분을 가르칠 겁니다.]

왜 하필 그들 다섯에게만 그 같은 이야기를 전한 것일까? 이유라면 대충 짐작되는 게 있기는 했다. 특별한 인연도 한 몫 했겠지만, 사실 결정적인 건 따로 있었다.

'우리 밖에 없었지….'

지난 밤, 에던과의 일전에서 그들 다섯만이 유일하게 여지를 남긴 일격, 다음을 생각한 검을 든 까닭이었다.

물론, 오랜만의 실전에 그들 역시도 그 시작은 혼신의 일격으로 출발했지만, 금세 감각을 회복한 듯 호흡을 늘렸고, 그 덕분에 조잡했던 합격이 좀 더 유지 될 수 있었다.

에던은 이 같은 부분을 봤기에 이들 다섯에게 먼저 1차적으로 이야기를 전한 것이다.

이들 다섯을 통해 스펙터의 기둥을 잡고자 한 까닭이었다.

'그라넥 프릭셀….'

용병계에만 귀를 열어놨다고는 하나, 그래도 '프릭셀'이라는 성을 모르기는 어려웠다. 아드레안의 다섯 기둥 중 하나인 까닭이었다.

그곳의 후계자였다면 충분히 대단할 것이다.

'…하지만 약해!'

그러나 당장 눈에 보이는 그라넥의 존재감은 미미했다. 그 기운이 겉으로 드러나지 않는 수준이라거나 그런 게 아니라, 말 그대로 기운 자체도 존재하지 않는 그런 위치였다.

뿐만 아니라 나이도 문제였다.

이곳에 모인 이들 중, 그라넥보다 어린 이들은 단 한 명도 없었다. 귀족가의 후계들 측의 연령대가 낮은 편이었지만, 그들 중에서도 그라넥보다 어린 이들은 없었다.

여러모로 부족함이 많은 것이다.

'쉽지 않을 텐데….'

베덴은 아무리 생각해도 그라넥을 받아들이기가 어려울 거란 생각을 했다. 물론, 그 역시도 선뜻 배울 생각이 들지 않는 부분도 있었다.

하지만 그 같은 말을 한 게 '에던 운트'라는 게 걸렸다.

[용병왕!]

분명, 그들이 납득할만한 이유가 있을거란 생각이 든 까닭이었다.

긴 고민 끝에 그가 내린 결론은 하나였다.

"후… 한 번 설득해 보세나."

에던이 그들 다섯에게 1차적으로 이야기를 건넨 이유를 받아들이기도 했다.

거기에는 차후에 다른 용병들을 설득하여, 그라넥이 스며들 수 있는 공간을 만들어달라는 의미가 담겨있었다.

"괜찮겠습니까?"

살랏의 물음에 베덴이 어깨를 으쓱이며 답했다.

"어쩔 수 있나. 우리들의 왕이 그러기를 원하는데."

그 대답에서 살랏을 비롯한 나머지 네 명은 베덴의 결심을 깨달았다.

[용병!]

눈앞의 사내는 황혼에 접어드는 시기에 다시금 현역으로 복귀하기로 결심한 것이다.

그리고 이 같은 결정은 그들 넷 역시도 마찬가지라는 점이었다. 그렇지 않고서야 '우리들의 왕'이라는 단어에 이처럼 심장이 뛸 이유가 없었다.

"한 번 해 봅시다."

가만히 듣고만 있던 멥슨이 그 말과 함께 자리에서 벌떡 일어났다. 드리낙 역시도 어느새 자리에서 일어나 있었다.

"흘… 아직 청춘들이야."

베덴은 그리 중얼거리며 다시금 창밖으로 시선을 던졌다. 마침 에던의 고개가 위로 들리는데, 우연일까? 그의 시선이 베덴이 있는 창가 쪽으로 잠시간 머물다 갔다.

'우연일 리는… 없겠군.'

왕의 능력을 생각해 본다면, 이쪽의 대화까지 전부 들었어도 이상하지 않았다. 한 차례 쓰게 웃던 베덴도 이내 자리에서 일어났다.

결정을 내린 이상, 움직이는 건 빠르면 빠를수록 좋았다.

❖ ✢ ❖

생각지도 못한 이야기를 들은 까닭일까?

'으음….'

쉬이 집중이 되질 않았다.

"잡념이 많다!"

당연하게도 이 같은 지적을 받았지만, 그럼에도 불구하고 정신은 산만하기만 했다.

어쩔 수 없었다.

[앞으로 이 녀석이 여러분을 가르칠 겁니다.]

그 같은 이야기와 함께 다섯 용병과 만났던 까닭이었다.

'내가… 가르친다고?'

그라넥은 머리가 어지러울 지경까지 이르자, 결국 참지 못하고 에던을 향해 물었다.

"어째서… 저입니까?"

왠지 모르게 떨리는 음성에 에던이 잠시간 그를 지켜보다가 짧게 답했다.

"네가 원한 걸 들어 준 거다."

이해할 수 없는 내용이었음에, 그 같은 감정을 고스란히 드러내며 에던을 바라봐야만 했다.

"아드레안에서 내게 '약자들의 공부'를 알고 싶다며. 나는 거기에 가장 적합한 이들을 소개시켜 준 거다."

시작부터 강자로써 출발하는 용병은 없다. 아주 간혹 천부적인 재능을 타고난 이들이 강자들의 궤적을 쫓고는 하나, 결국 그들의 공부 역시도 일반적인 용병들의 것에서 크게 벗어나지는 못한다.

"약속했듯이 나도 널 가르치기는 할 거다. 하지만 너 역시 스스로 배워야 한다."

저들을 가르치며 배우라는 의미였다. 그 의미를 되새기던 그라넥이 긴장어린 얼굴로 재차 입을 열었다.

"저는 한 번도 누군가를 가르쳐 본 적이 없습니다."

"시작부터 스승인 이들은 없다. 누구에게나 처음은 있는 법이고, 너에게는 그게 지금일 뿐이다."

"제가… 거부하면 어떻게 되는 겁니까?"

"그럴 수 없을 걸."

이유인 즉,

"가르치고 배우는 것도 내가 정한 수업과정이니까."

공부를 제대로 전해 받고 싶다면 가르치라는 의미였다.

"설마하니 내 수업을 의심하는 건 아니지?"

에던이 고개를 모로 꺾으며 그리 물어왔다.

'끄응….'

결국, 그라넥은 앓는 소리와 함께 받아들여야만 했다.

당연하게도 이날 하루는 집중력이 흐트러진 까닭인지, 그라넥은 제대로 수업을 수행할 수가 없었다.

❖ ✛ ❖

특별한 인연들 중에서도 조금은 더 특별한 인연을 지니고 있는 까닭일까?

에던은 앞서 다섯의 용병들 중에서도 베덴을 따로 찾아서, 그와 또 다시 별도의 시간을 가졌다.

"다 듣고 있었나?"

대면과 동시에 베덴은 그리 물었고, 에던은 짧게 고개를 끄덕였다. 그들 다섯의 대화를 훔쳐들은 것에 대해서 지적을 한 것임을 아는 까닭이었다.

조금은 미안한 기색을 내비치는 에던의 모습에 베덴이 혀를 차며 말했다.

"너무 대놓고 듣지는 말게."

에던은 쓰게 웃었다. 굳이 귀를 닫아두고자 하면 불가능한 건 아니었지만, 상황이 상황이니 만큼 그 부분까지는 통제하지 않은 까닭이었다.

일부 의도적인 부분이 있던 것이다.

"그나저나… 이야기를 들었으면 대충 상황은 알 텐데, 굳이 또 나를 찾은 이유는 뭔가?"

베덴의 물음에 에던이 잠시 고민하는가 싶더니, 짧은 침묵 끝에서 어렵사리 말문을 열었다.

"혹시… 다시 젊음을 찾을 수 있다면, 어떨 것 같습니까?"

뜬금없는 물음이었고, 베덴의 얼굴 가득 의문의 빛이 떠올랐다.

청춘을 향한 미련이란 누구나 넘쳐날 수밖에 없다. 이는 한창때를 달리는 젊은이들도 마찬가지였다. 나이에 상관없이 누구나 과거에 대한 미련과 그리움을 품고 사는 까닭이었다.

때문에 에던이 던진 질문에 해 줄 수 있는 대답이라면 간단했다.

"뻔한 걸 묻는군. 당연히 찾고 싶지. 왜? 자네가 찾아주기라도 할 생각인가?"

농담을 섞어서 되묻는 것이었건만, 황당하게도 에던의 고개는 위아래로 끄덕여지고 있었다. 그 표정 역시도 더없이 진지했다.

'이거….'

장난이 아니라는 느낌이 확 들었다.

"…진담이냐?"

재차 이어진 그의 물음에 에던이 또 다시 고개를 끄덕였다. 그리고는 천천히 입을 열었다.

"물론, 제가 젊음을 찾아다 줄 수는 없습니다."

황당하게도 불쑥 튀어나온 대답이 너무도 맥 빠지는 것이었다. 하지만 여전히 진지하게 굳어있는 에던의 표정에 이 같은 감정을 드러낼 수가 없었다.

오히려 이어진 내용에 더욱 귀를 기울이고 이게 만드는

분위기가 형성되고 있었다.

"전설 속 드래곤이나 마왕 같은 존재들이라면 또 모르겠지만, 어쨌든 저한테는 그런 능력은 없습니다. 하지만…."

'…하지만?'

"청춘은 찾아드릴 수 있습니다."

기이하다고 해야 할까? 어째 그 내용이 묘했다.

'젊음은 안 되지만 청춘은 된다?'

이해하기 어려웠음에 연신 고개를 갸우뚱거리고 있자니, 에던이 다시금 이야기를 이어나갔다.

"영감님도 이제 나이가 있으시니, 젊을 때처럼 격렬한 움직임에는 분명 한계가 있을 겁니다."

확실히 동의하는 부분이었다. 이는 그 뿐만 아니라 다른 용병들 역시도 마찬가지인 부분으로써, 애초에 이곳으로 모여든 이들 중 여전히 청춘이라 할 만한 이들이 극히 드물기도 했다.

당연하게도 저 같은 부분에는 베덴 뿐만 아니라 다른 이들도 동의할 것이라고 여겼다.

"아마도 저는… 그 부분을 해소시켜 드릴 수 있을 겁니다."

가만히 이야기를 듣던 베덴의 눈가에 불이 들어왔다.

"왠지, 자네도 확신하지 못하는 것 같군."

"뭐… 아직까지는 짐작 수준이죠."

지금 에던이 생각하는 건 세계수의 은총을 따라하면서

행한 '거짓된 축복'이었다.

그간의 여정 속에서 그라넥을 통해 나름 그 흐름을 익히고, 일부나마 축복에 대한 이해를 하게 되었다고는 하나, 아직까지는 확신을 할 만큼 통달한 건 아니기에, 이처럼 불확실한 내용을 입에 담는 것이기도 했다.

"굳이 그걸 내게 이야기했다는 건, 아직까지 확신은 못 하지만, 그래도 어느 정도 자신은 있다는 뜻이겠지?"

베덴의 물음에 에던이 고개를 끄덕였다. 그리고 한 호흡의 여유를 둔 뒤, 조금은 가벼운 어투로 입을 열었다.

"뭐… 말씀드렸듯이 젊음을 찾아드리기는 어렵습니다. 영감님 얼굴에 잔뜩 깔려있는 자글자글한 주름살은 못 펴드린다는 거죠."

"…사설이 길다."

"대신, 청춘의 그 팔팔한 기력 정도는 회복시켜 드릴 수 있을 거라고 생각합니다."

그제야 베덴은 이해되는 바가 있던지 동공을 크게 키웠다.

"자네 말은 그러니까… 육체적인 노화를 되돌린다는 건가?"

"주름은 못 펴드리지만요."

"쯧!"

"뭐… 완벽히 되돌리는 건 아니에요."

짐작컨대 잘 쳐줘야 한 10년, 운이 좋으면 15년 정도의 청춘을 되돌려, 그 시절까지의 기력을 보충하는 정도일 것이다.

특히, 그나마도 각각의 신체적인 상태에 따라서 달라질 가능성이 높을 수 있었다.

하지만 적어도 거짓된 축복이 전혀 효능이 없지는 않을 거라 여겼다.

그런 의미에서 베덴에게 가장 먼저 이야기를 꺼낸 건, 여러 가지 이유가 있었다. 물론, 그와의 깊은 인연도 있었지만, 이곳에 모인 이들 중, 가장 연배가 높다는 이유 역시도 적잖게 작용한 것이다.

말인 즉, 가장 노화의 진행이 깊은 그를 대상으로 축복의 영향력을 1차적으로 측정하기 위함이었다.

"…부작용은 없고?"

고민이 끝난 듯, 깊이 생각하는 듯 보이던 베덴이 조심스레 물어왔다.

이에 에던이 고개를 끄덕였다.

"사실… 아직까지는 저도 성공여부에 대해서는 확신하기는 어렵지만, 그래도 부작용에 대해서는 문제가 없을 겁니다."

"…겁니다?"

"꼬투리 잡기는… 쯧! 문제가 '없습니다.' 어쨌든 한 번 도전해 보시겠습니까?"

그의 물음에 베덴이 재차 고민에 빠져들었고, 에던은

차분히 그 생각이 정리되기를 기다려줬다.

얼마나 지났을까?

"후우…."

문득, 베덴의 한숨소리가 무거운 적막을 깨트리듯 흘러나왔다.

"다른 팔팔한 친구들도 많이 있는데, 굳이 내게 이런 이야기를 먼저 해 주는 이유가 뭔가?"

"뭐… 여러 가지 이유가 있겠지만, 그 중 하나를 꼽자면 영감님이 '스펙터' 의 균형을 맡아줬으면 하는 생각 때문이죠."

"스펙터?"

한 차례 의문을 표하던 베덴이 이내 고개를 끄덕이며 대답했다.

"그래… 역시나 세력을 만들 생각이었군."

이렇게 많은 사람들을 한 자리에 불러 모았을 때, 대충 짐작하고 있었다. 단지, '퇴물' 이라고 불리는 이들이 절반가량을 차지하는 부분에서 의문이 들기는 했지만, 그래도 개개인의 명성이 무시할 수 없음에, 충분히 의문을 삼킬만 하다고 여겼다.

그리고 지금에 이르러서 에던이 언급한 '스펙터' 라는 단어에서, 미묘하게 단체의 명칭이라는 느낌을 받았고 그간의 생각들에 확신을 얻으며 한 번 찔러보듯 그리 언급한 것이다.

베덴의 이야기에 한 차례 고개를 끄덕인 에던이 재차 이 야기를 이었다.

"영감님이라면 충분히 가교의 역할을 해 줄 수 있다고 생각합니다."

"그건… 저 은퇴한 놈들과 반푼이 같은 귀족 놈들의 소통을 맡으라는 거냐?"

에던이 고개를 끄덕였다.

"쯧! 괜히 쓸데없는 소리를 했어."

그 순간 다른 용병들 중에서 굳이 그가 꼽힌 결정적인 이 유를 깨달았다.

"하지만 나로는 부족할 텐데."

"뭐… 그래도 같은 귀족가의 후예를 마냥 무시하지는 못 하겠죠."

바로 이 부분이 베덴을 첫 번째로 뽑은 이유였다.

물론, 그의 연령대도 중요한 부분이기는 하지만, 양측의 연결고리 역할을 해 줄만한 존재로써, 귀족가의 핏줄을 타 고난 베덴의 과거가 가장 결정적인 역할을 한 것이다.

"쯧! 등 따시고 배 불러봤던 유년시절이 없어서, 나는 잘 모르겠다."

사실 귀족가의 후예라고는 하나, 그 본인이 귀하게 자라 본 기억이 아예 없었다. 그의 부친 대에서 이미 몰락 귀족 으로써 그 지위를 잃어버린 까닭이었다.

실질적으로 그는 평민과 다를 게 없었고, 그나마도 없는 살림으로 인해, 일찌감치 세상 풍파에 내던져져 이리저리 구르고 구르다가 용병계라는 치열한 전장까지 흘러들어가게 된 것이다.

귀족가의 핏줄을 이었다지만, 연공법을 비롯하여 제대로된 검술 수련서 같은 것도 존재하지 않았고, 그로 인해 에던과 마찬가지로 그 역시도 밑바닥부터 차근차근 계단을 밟아가며 명성과 실력을 쌓아야만 했다.

본인 역시도 이 같은 이유로 인해 스스로를 귀족가와 연결해서 생각해 본 적이 단 한 번도 없었다.

물론, 전혀 혜택이 없었던 건 아니다. 부친에게 귀족의 예법을 비롯하여, 읽고 쓰는 법 그리고 일정 수준의 공부까지 배울 수 있었음에, 일반적인 용병들에 비해서 조금 더 나은 출발선상에서 뛰어나갈 수 있기는 했다.

용병계에서는 기본적으로 읽고 쓰는 게 가능하다는 부분에서, 충분히 특별하다 할 수 있는 것이다.

하지만 결국 보조적인 역할이 전부일 뿐, 맨몸뚱이 하나로 들이받아야만 했던 까닭에, 베덴 역시도 일반적인 용병들과 크게 다를 것 없는 과거를 걸어야만 했다.

어지간하면 다른 이들에게는 알려주지 않은 과거였지만, 에던이 이 같은 사실을 알고 있는 건, 역시나 그들의 인연이 생각보다 깊은 까닭이었다.

비록 그들의 만남은 길지 않았지만, 그렇다고 해서 가벼운 것도 아니었다. 베덴은 알게 모르게 에던을 제자처럼 생각하며 많은 걸 전해줬던 까닭이었다.

그 와중에 우연찮게 이 같은 과거가 알려졌고, 에던은 이를 상기하며 그에게 막중한 역할을 맡기고자 한 것이다.

저들 스펙터가 될 이들 중 가장 연장자라는 위치, 그리고 귀족가의 후예들과 무관하지 않다는 점, 그리고 거기에 실력까지 더해진다면, 충분히 스펙터의 기둥으로 자리를 잡을 수 있을 터였다.

'당장 실력이 부족하지는 않겠지만….'

앞서의 결전에서 직접 경험한 정보를 토대로 굳이 분류를 하자면, 안타깝게도 베덴은 상위권에는 꼽히겠지만 최상위권이라 하기에는 부족함이 있었다.

뿐만 아니라 하루가 다르게 노화가 진행되는 나이다보니, 저들 스펙터를 휘어잡기에는 여러모로 모자람이 있을 터였다.

하지만 '축복'이 더해져 그 육신에 청춘의 활력이 깃든다면, 충분히 그 실력적인 부분에서도 아쉬움이 없을 거라 여겼다.

그런 의미에서 에던은 당장 베덴 외에는 축복을 부여할 생각 같은 게 없었다.

언젠가는 스펙터 전원에게 그 힘을 발휘하겠지만, 일단은 베덴이 자리를 잡고, 이를 통해서 스펙터라는 단체의 틀이 확고해질 때까지는 최대한 그 힘을 아낄 생각이었다.

"그래서… 결정은 내렸습니까?"

에덴의 물음에 베덴이 짧게 혀를 찼다.

"쯧! 보통 이런 건, 이야기를 한 다음에 좀 더 진득하니 생각할 시간을 줘야 하는 거 아니냐?"

"그러고 싶지만, 알다시피 제가 워낙 공사가 다망하지 않습니까."

솔직히 이야기하자면 슬슬 조카가 태어날 시기가 가까워지고 있음에 바삐 움직이고 싶은 마음이 더 컸다.

용병들을 불러 모은 이 장소 자체가 검술원이 있는 곳에서 멀지 않았던 까닭에, 더더욱 마음이 급해지는 것도 있었다.

사실, 왕국과 왕국의 국경을 넘어야 할 정도인 탓에, 일반적인 경우에서 본다면 충분히 멀다고 할 수 있겠지만, 그의 능력이라면 반나절이면 충분히 돌파할 수 있는 거리일 뿐이었다.

'괜히 시간 넉넉히 줬다가 쓸데없는 생각을 하는 건 피해야지.'

스스로에게 변명 아닌 변명을 둘러대며 그렇게 합리화를 시키는 것도 잊지 않았다.

"안 들었으면 모를까. 궁금하기도 하니, 한 번 네놈 실험에 어울려 보마."

"거 참, 실험이라니요. 부작용 같은 거 전혀 없다니까요."

"쯧! 쓸데없는 소리 말고, 그 말도 안 되는 실험의 준비가 마무리 되면 불러."

에던이 어깨를 으쓱이며 입을 열었다.

"준비는 이미 끝났는데요."

그의 말에 베덴이 방 안을 둘러보며 고개를 갸웃거렸다. 실험실이라고 하기에는 너무도 평범한 풍경인 까닭이었다. 애초에 이렇다 할 물건들도 별로 없었다.

삭막하기 그지없다는 표현이 어울리는 방이었다. 문득, 에던이 양 손을 싹싹 비비는 게 보였다.

기이하게도 그 안에서 알 수 없는 신비로운 '힘' 같은 게 느껴졌다.

'설마….'

베덴이 연신 눈살을 찌푸리다가 입을 열었다.

"…아니지?"

그의 물음에 에던이 씨익, 하얗게 웃으며 말했다.

"맞습니다."

"미쳤냐?"

"믿으십시오. 제 손이 약손입니다!"

"이런, 미친….'

베덴의 발악이 시작되기도 전에 에던이 뛰어들어 그를 제압했고, 그렇게 거짓된 축복의 시간이 시작되었다.

⟨11권에 계속⟩